李滄東

이창동

胡椒筒——譯

獲獎及評選名單

第63屆 坎城電影節最佳劇本獎

第47屆 大鐘獎最佳作品獎、最佳劇本獎、最佳女主角獎(尹靜姬)、
最佳男配角獎(金熙羅)

第47屆 百想藝術大獎電影部門導演獎

第30屆 韓國電影評論家協會獎最佳作品獎、最佳劇本獎

第19屆 釜日電影獎 最佳作品獎、最佳劇本獎

第8屆 大韓民國電影大獎最佳作品獎、導演獎、最佳劇本獎

第25屆 瑞士佛瑞堡國際電影節大獎、評審團大獎

第5屆 亞洲電影大獎導演獎、最佳劇本獎

第4屆 亞太電影大獎導演獎、最佳女主角獎

第31屆 青龍電影獎最佳女主角獎

第2屆 年度電影獎最佳作品獎

第6屆 大韓民國大學電影節最佳作品獎

第37屆 洛杉磯影評人協會獎最佳女主角獎

《芝加哥論壇報》評選爲2011年度最佳影片

美國CNN評選爲2011年度最佳電影TOP10

比利時女性電影人協會(CineFemme)評選爲年度最佳影片

大韓民國電影記者評選的最佳影片

2010年韓國電影人評選的最佳影片TOP1

第1屆 Cinematheque KOFA評選爲最受矚目的韓國電影

要想寫詩，就得好好地觀察。

在我們的生活中，最重要的就是看。

認真觀察世間的萬物是很重要的一件事。

——

電影中詩人的台詞

不能把這部電影拍得太美、太漂亮。

必須最大限度地去除視覺上的美感。

電影應該如實地呈現出我們如同洗碗槽般的日常生活，

好讓觀眾自己去尋找「真正的美好」。

假若那種美好存在的話……

——

李滄東導演的筆記

詩就是對無意義的抵抗　鴻鴻／詩人、導演

1998年，金大中就任韓國總統，意識到文化對整體社會和國家的重要性，一舉將文化預算提高了40%。隨著政府的重視與倡導，韓國電影在千禧年前後應勢而起，韓劇也帶領著韓國流行音樂風靡亞洲，形成「韓流」。當前韓國電影的幾位創作巨匠：李滄東、金基德、朴贊郁、奉俊昊，正都是在千禧年來臨前踏入影壇。李滄東年紀較他們稍長，開始拍片時已年逾四十。事實上，他三十左右即開始創作小說，還獲得重要的文學獎。這讓他在娛樂性掛帥的韓國電影中獨樹一幟，成為深富人文精神的「電影作家」。

李滄東生於韓戰結束的次年(1954)，無論小說或電影，都深深帶有戰後軍事統治下抗爭史的印記——他的第二部作品《薄荷糖》及他先前為導演朴光洙編劇的《美麗青年全泰壹》尤然。《生命之詩》及與其密切相關的前作《密陽》則是更深入探問社會與個人關聯的作品，兩片都是從一樁罪案出發，處理社會機制無法撫慰的生命缺憾。《密陽》質疑信仰與正義的扞格，《生命之詩》則透過集體犯罪的孩子的家長群，來呈現遮掩蒙蔽的共犯結構，甚至指涉拒絕面對轉型正義的社會心理。然而，相對於《密陽》的絕望谷

底，《生命之詩》試圖透過一個瀕臨失智的老婆婆的努力，找到某種救贖的希望。而這希望，竟然是一種叫做「詩」的東西。

這部電影原名即是簡單的一個字：《詩》。這個命題令人震驚，簡直完全未考慮賣座的因素。「詩」對大眾來說，既冷門又菁英，很容易被誤解為不食煙火的風花雪月。但李滄東透過片中的習詩會，展現了世俗的詩與真正的詩的差別。主角是一位想寫詩的老婆婆，從她昏矇的眼睛審視，世間的罪孽與苦難卻逐漸清晰現形。外孫的惡行和受害的少女，和她既貼近、又無從理解。一般的犯罪電影都會去解釋成因，但李滄東並沒有提供答案，反而保留了寬容的距離，甚至藉著婆婆的失憶，來傳達物我兩忘的生命哲學，及其中不捨的一點癡心。人生無意義，善意與惡行都無法得到相應的正義，那麼人還能做什麼？《生命之詩》透過一個看似無助、無力的婆婆的努力，讓我們看到，試圖理解、試圖挽救的行為本身，就是意義所在。李滄東如是說：「詩本身似乎就是對無意義的一種抵抗。」韓文的「詩」，也有「逆水行舟」的意涵。

對於詩和電影的定義，李滄東也曾說過：「詩到底是什麼和電影到底是什麼是一樣的問題，現在，我在用後者來回答前者。」這部電影藉著詩，同時回答了創作及人生的問題，可以說是李滄東最核心的一部作品。透過本書的訪談，我們看到李滄東從命題開始就一意孤行。執意選了《詩》這個不討好又抽象的片名，用銀髮族作為全片主角，以及處處留白的敘事手法。然而本片在韓國及國際，也為李滄東贏得最高讚譽。

一般而言，電影劇本並不是寫來供案頭閱讀的，只是作為工作使用的藍圖而已。所謂「腳本」，其實就有讓大家踩在腳下工作的意思。但本書收錄的除了劇本，還有劇本最初的故事大綱，及導演的構圖筆記。李滄東或許不像黑澤明、費里尼般具有繪畫天賦，筆記本就可以當畫冊出版，不過透過筆記，可以看出他對人物關係與敘事角度的執著，如何以人物堅實地構成了電影。長版的大綱更是發揮了他的文學稟賦，完全可以作為小說讀，而且可以更清晰地看出作者的構思與重點。

書中收錄的兩篇對談及一篇評論，都足夠深入，相當可貴。

韓國影評人李東振的訪談，將劇本的靈感來源及拍片的諸多考量，作了梳理；法國詩人克勞德·穆夏爾的訪談，特別針對影片的留白美學、及結尾的寓意，作了精采的闡發；文學評論家申亨哲的短論更釐清片中詩與生活的關聯。對於看過影片或劇本，深感韻味微妙卻難以言宣的觀眾及讀者，這幾篇討論確有撥雲見日的效果。讀完必能認同李滄東為婆婆美子所寫的第一首(也是最後一首)詩的結尾所云：

在一個陽光明媚的清晨
再次醒來
睜開惺忪的睡眼
與佇立於床邊的你重逢

人生不美，但你可以活得很美
——讀李滄東《生命之詩》

馬欣／作家

這世界有兩個視角，一個是在人生中匍匐前進，或左張右望的平視角，另一個是欣賞生命的視角，有如一首詩能道盡明月。

如果只有前者，先被人生磨掉的會是靈魂。

寫詩之前的楊美子，在將老之際，深怕驚醒了命運之神般，小心翼翼地活著。

楊美子開始出現失智症狀，意志卻益發想清明起來，她下意識地報名了鎮上的「詩作班」，然而也隨後得知她孫子強暴了同年級的女孩。孫子的墮落，讓她直面了生命本質。

書的一開始，你就會看到李滄東如何描寫河岸之景，人們雖小黑點般地營生著，但江水在陽光下仍平靜美好，這時有女孩屍體漂浮過來，打上了「生命之詩」，那是人生的變數，但仍在恆常的照耀下。

美子在他筆下穿著花哨的絲巾，裝扮有點俗地像乾燥花一般，想要區隔現實中枯萎的她。

這樣的一個女子，在那個只有基礎建設，永遠也到不了明天的地方，不合時宜地行走在她的「夢土」之上。在電影中也由演員尹靜姬完美詮釋了這樣的恍惚，在美子的過勞且只剩勞動效益的人生之中，李滄東以這樣的「無盡頭」，讓美子的廉價絲巾都翻飛了起來，這個飛舞的意象，帶起了觀眾與美子的還有一絲可能性，然而這樣的人生的「生機」為何。

李滄東的電影中，光總是跟塵埃共舞，他的電影不乏辛苦人，活得縐巴巴地渴求希望，楊美子原本與鎮上人一起混沌度日，逃避著真實。

雖本能地頑強度日，肩負起隔代教養的擔子，但她人的表情與衣著卻如少女一般，似在跟濁世做最微小的反抗。

因此「美子」被李滄東選擇作為「詩」的意象，並不令人意外，「詩」是文體，但在李滄東的筆下亦可以是種「觀察」的動詞。在這本書中，詩就在提煉美，包括「詩作課」中學生分享的「人生最美好的瞬間」。其中一位六十多歲的學生分享老樹上長滿了又細又尖的葉子，嫩綠嫩綠的，卻美到讓人傷感；另一位學生分享著小時候教外婆唱歌謠，她外婆臨死前還不斷回味那首歌；另一位男學生從來都住在半地下的房間，好不容易住到地上屋，那一刻彷彿擁有了全世界。

而美子的分享是令人刺痛的幸福，那是她人生中最初的記憶，因母親生病，都是姊姊在照顧她。在一個陽光從窗縫透進來的好天氣，姊姊為她穿了一件漂亮的衣服，並叫她：「美子，快過來。」在那不明確的記憶中，她確定是被愛著的。這樣的記憶，彷彿帶著殘念。

這是李滄東的魅力，某種暫停與遺憾，故事只能停在待續中，像是誰發現了「希望」。

夾雜著苦煉出來的輕盈，這是「詩的心」。李滄東在書中訪問中談到他請了真正的詩人來演老師，不是為了詩的寫法，而是傳達「詩的心」。

美子後來有如她那頂被捲入溪流的帽子，後半場人生也因為孫子犯罪，而捲進了籌款，以及無盡的罪咎感之中。

李滄東直視著這世間的殘酷，一如他的經典《薄荷糖》、《綠洲》，貫穿他作品的主要核心，一直都是「詩的心」，它能超越這世上的塵埃，還原人生「赤條條來去真乾淨」的美。

因此他書寫的殘酷並非是沉重的，他這文學家甚至對權力結構諷諭是犀利的。楊美子跟《密陽》的女主角一樣，活在父權的森羅結構裡，美子在面對孫子與他同學集體強暴女孩時，還得面對其他男性家長在她面前羞辱那被強暴的女孩：「長得又不怎麼樣，真不知道看上她哪裡。」

甚至逼美子去跟受害者的母親協商，希望她與對方的母親「弱弱相殘」。

這樣的殘酷都像是撕開社會的表皮，將其中的盤根錯節縮影給我們看，伴隨著這樣刺痛的經驗，他同時又讓我們看到相對的「美」。

如同美子在知道自己失智前，不斷想找尋靈感，頻問老師詩是什麼？然而她在最痛苦的時候(去說服受害者母親的路上)，看到了落在地上的杏子，那被踩扁的模樣，卻是為了來生。於是最不堪的，也有了昇華。她瞬間忘了自己為何在那裡，忘了「自己」，卻找到了詩的存在。

為什麼人性有那麼醜惡的一面，但這世界卻美到令人想哭呢？

這故事從頭到尾都伴隨著這樣的感動，如她為中風的姜老人性服務時，雖文中沒提她是為了籌錢還是基於悲憫，在那樣的處境中，她仍為姜老人抹去了眼淚。

這一幕李滄東沒有審判，也沒有要同情美子，而是將人世間的無奈惆悵開展出來。那小鎮的暮色，照著每個人的惘然，是經濟上的，也是屬於人生的。

其實現在讀李滄東正好，是因為我們已經不像過去那樣繁華，經歷了這三年像大夢初醒，貧富差距仍在拉大，人生必然會有更多的失落。所以它為何要叫《生命之詩》，人生有遺憾，但生命本身是美的。

像書中金詩人所說的：你可能以為你看過蘋果一萬次，但你從沒真正看蘋果。讀者可能看這世界早已熟悉，但從來沒有仰頭好好重新觀察周遭的一切。

馬奎斯說：「那時世界太新，很多東西還沒有名字，必須用手去指。」，去除掉原本認知的迷障，所有的東西回到原來的生命，一如楊美子回到那個最初被愛的時刻、窗縫的陽光猶如初見、落下的軟杏也有了成全。所有的東西與自己，都因為彼此而有了折射的意義。

再度回到了那個「用手去指」，像孩童去發現的世界。

最後美子是班上唯一完成了詩作的人，李滄東特地強調「完成」，因為除非活成了詩句，否則我們也將變成那顆被看了一萬次的「蘋果」，只過完了人生，卻沒有完成生命。

目次

文前註解

- 本書收錄的原創劇本是以李滄東導演撰寫及執導的電影《生命之詩》(2010)的最終版本為基礎，並按照電影上映版相應修改了部分台詞和引文。附錄中的「故事概要Synopsis」和「劇本大綱Treatment」可以更具體地了解李滄東導演最初的構思。
- 登場人物的台詞為了凸顯角色的個性，均保留了作者原創文字。
- 電影名及書名使用雙書名號(《》)，歌曲名使用單書名號(〈〉)。
- 本書中出現的主要劇本用語如下：
  - **嵌入**(Insert)：在場次中插入特定的事物或情境的畫面。
  - **畫外音**(O.S：Off-screen Sound)：看不到人物，只能聽到聲音。
  - **榻榻米視角**(Tatami shot)：將機位放得很低的拍攝方法。源自於日本電影導演小津安二郎的低視角獨特拍攝方法。
  - **上抬鏡**(Tilt-up)：固定攝影機機身後，僅將鏡頭上移。
  - **下抬鏡**(Tilt-down)：固定攝影機機身後，僅將鏡頭下移。
  - **換鏡頭**(Cut to)：切換下一鏡頭。
  - **濾鏡**(F：Filter)：像聽電話一樣，透過濾鏡聽到的聲音。
  - **水平運鏡**(Pan)：固定攝影機機身後，僅將鏡頭左右移動。
  - **淡出**(F.O：Fade Out)：畫面逐漸變暗。
  - **進入畫面**(Frame in)：畫面中出現人物等被拍攝對象。

作者的話

—

電影的命運與劇本

出版電影劇本集是不常見的事，因為劇本就好比是電影的圖稿，電影製作完成後，便覺得沒有必要再回頭細看劇本了。不過有些電影(也許大部分的電影都是如此)，閱讀它的劇本可以看作是理解這部電影的最佳方法。

所謂的電影是在劇本的基礎上，將劇組人員和演員們的獻身、創意，以及在製作的過程中選擇、拍攝的空間、天氣和陽光等的一切因素匯聚而成的結果。從這一點來看，電影比任何創作都更要順從命運的安排。但這並不意味我們只朝著既定的結果一路走下去，而是說無數的偶然聚集在一起，創造出了我們無法預測的必然結果。正因為這樣，等到電影製作完成以後，回頭再來閱讀劇本，便能更好地理解在劇本之後，電影是如何創造了自己的命運。

包括編劇和導演在內，所有參與電影的演員和劇組人員都是與這種命運息息相關的主體。以《生命之詩》來講，電影中飾演女主角楊美子的尹靜姬就扮演了決定性的角色。令人痛心的是，從各種跡象可以看出在拍攝這部電影的時候，尹靜姬就已經出現了失智症的初期症狀。她和電影中的楊美子一樣，沒有意識到自己罹患了失智症。這是她的可怕命運，同時也是《生命之詩》的命運。希望遠在巴黎飽受病魔纏身的她可以度過一個平靜安逸的晚年。

開始寫這部電影的劇本時，我就想到了尹靜姬，她也覺得自己和楊美子有很多地方驚人地相似。其實，劇本中很多描寫楊美子的部分都是我根據劇組採訪到的內容為基礎寫的，不過後來才發現，美子這個名字竟然就是尹靜姬的本名。

二〇〇四年在密陽市發生了十代男生集體性侵女學生的事件，而《生命之詩》的劇本正是始於這起事件，因為我認為這起事件是在向我們質問社會的道德性，而且對我而言，這也是對文學和電影(若電影可以視為藝術)等藝術所扮演的角色的發問。可以說這是我身為作家在進行文字創作和拍攝電影時，不斷捫心自問的本質性問題。藝術與現實的痛苦存在著怎樣的關係呢？藝術可以改變現實嗎？

如果是對電影形式感興趣的讀者，可以透過劇本集看到導演的意圖——如何打破電影與現實的界限。比如，飾演寫詩班老師的金龍澤詩人在課堂上請大家談一談關於自己的「美好的瞬間」，這場戲不僅只停留於電影之中，也可以看作是我希望越過大銀幕直接與觀眾交流的意圖。

此外，如果是對敘事很感興趣的讀者，不妨把這部電影看成是一個冒險的故事。對於生平第一次寫詩的美子來說，這無疑是一場為了尋找聖杯的、艱難且無謂的冒險。更何況，這還是一場需要賭上自己的一切，以及必須經歷道德考驗的冒險。

我希望這本書可以在理解敘事和電影這一媒介上為讀者提供一些幫助。在此向推薦這本書、撰寫精彩評論和接受訪問的朴濬詩人、申亨哲文學評論家、克勞德・穆夏爾詩人，及李東振電影評論家表示深深的感謝。最後還要感謝決定出版這本書、深愛電影，且以真摯的態度仔細核對電影與劇本台詞和引文，最終編輯出版這本書的亞爾出版社。

二〇二一年三月

李滄東

聖雅妮之歌

那裡怎麼樣？
很是寂寞嗎？
夜幕降臨時
依舊可以看到晚霞
聽到飛入林中鳥兒的歌聲嗎？
你會收到我未曾寄出的信嗎？
沒能道出口的表白也能傳達到嗎？
時光流逝，玫瑰也凋零了吧？

現在是道別的時候了
如同稍作停留的風與影
從未許下的諾言
藏於心底的愛戀
輕吻我悲傷腳踝的草葉
隨我而來的小腳印

是時候與一切道別了

黑暗降臨時，燭光還會亮起嗎？
我祈禱
願再沒有人哭泣
願你明白我的一片癡心
仲夏漫長的等待
好似父親臉龐般昔日的小巷
就連害羞到轉身而開的孤獨野花
也知道我有多愛你
你那低吟的歌聲如此撥動我心

我祝福你
在越過漆黑的江水前
用盡我靈魂的最後一口氣
我開始做夢
在一個陽光明媚的清晨
再次醒來
睜開惺忪的睡眼
與佇立於床邊的你重逢

아네스의 노래

그곳은 어떤가요
얼마나 적막하나요
저녁이면 여전히 노을이 지고
숲으로 가는 새들의 노래소리 들리나요
차마 부치지 못한 편지 당신이 받아볼 수 있나요
하지 못한 고백 전할 수 있나요
시간은 흐르고 장미는 시들까요[1]

이제 작별을 할 시간
머물고 가는 바람처럼 그림자처럼
오지 않던 약속도 끝내 비밀이었던 사랑도
서러운 내 발목에 입 맞추는 풀잎 하나
나를 따라온 작은 발자국에게도
작별을 할 시간

이제 어둠이 오면 다시 촛불이 켜질까요
나는 기도합니다
아무도 눈물은 흘리지 않기를
내가 얼마나 간절히 사랑했는지 당신이 알아주기를
여름 한낮의 그 오랜 기다림
아버지의 얼굴 같은 오래된 골목
수줍어 돌아 앉은 외로운 들국화까지도 내가 얼마나 사랑했는지
당신의 작은 노래소리에 얼마나 가슴 뛰었는지

나는 당신을 축복합니다
검은 강물을 건너기전에 내 영혼의 마지막 숨을 다해
나는 꿈꾸기 시작합니다
어느 햇빛 맑은 아침 깨어나 부신 눈으로
머리맡에 선 당신을 만날 수 있기를

生命之詩 Poetry

—

原創劇本

登場人物

楊美子（66歲）

鍾旭（16歲）

姜老人（70歲）

基範父親（40多歲）

熙珍母親（40多歲）

金龍卓詩人（63歲）

朴尚泰（50歲出頭）

順昌父親（40多歲）

趙美惠（40多歲）

超市女人（40多歲）

熙珍（16歲）

鍾旭的朋友們

學長們

詩朗誦會會員們

文學講座學生們

醫生1、2

護士1、2

水玉（40歲出頭）

其他角色……

1. 江邊 白天 / 室外

序幕。南漢江支流的某處江邊。耀眼的陽光下，川流不息的江水，可以看到兩岸的草叢和對面的群山，以及遠處偶爾有車輛經過的大橋。在江水、微風和鳥鳴等大自然的聲音裡夾雜著孩子們嬉笑打鬧的聲音。雖然不是月曆照片中令人過目不忘的美景，但用「詩意」來形容這個平凡、平和的場所或許並不為過。

江邊的沙地上，幾個看起來十幾歲的孩子正在玩耍，其中一個孩子玩著玩著看向某處。難道孩子陶醉在了美景之中？孩子久久地站在原地，視線一直注視著川流不息的江水。

片刻過後，孩子慢慢地朝江邊走去，鏡頭緊隨孩子的視線，有什麼東西正從遠處緩緩地漂來。看起來像是黑髮，被水浸泡而膨脹的白皙皮膚在陽光下映入眼簾，那分明是人的屍體。浸濕的衣服像是女學生制服。屍體面朝下，所以看不到長相，黑髮如同海草般隨波蕩漾開來。

那具屍體之上出現電影的標題「生命之詩」。

2. 小城市 白天 / 室外

鳥瞰小城市遠景。一座位於近鄰南漢江的京畿道小城市，幽靜的市區可以看到參差不齊的建築，畫面一側流淌的江水在陽光下波光瀲灩。隱約的警笛聲乘風傳了過來。

3. 醫院走廊 白天 / 室內

嵌入。壁掛的電視正在播放新聞，畫面中可以看到一位喪子的巴勒斯坦母親在失聲痛哭。遭受轟炸的街道上，人們正在搬運被以色列軍轟炸而死的青年人屍首。

在規模不大的醫院走廊裡，人們坐在候診椅上看著電視。在候診的人裡可以看到美子，她雖然圍著花哨的絲巾，並戴著一頂帽子，但看起來毫無美感，還顯得十分土氣。手機鈴聲響起，美子翻了翻自己的包，坐在後排的人就接起了電話。美子從包裡取出手機看了一眼，又放了回去，她與坐在旁邊的女人四目相視時笑了笑，但女人面無表情地轉過了頭。

診室的門開了，護士走了出來。

護士1　　楊美子！

美子　　在！（她像學生一樣，立刻回答並站起身。）

護士1　　這邊請。

4. 診室　白天 / 室內

診室裡，美子開門進來，坐在醫生一旁的椅子上。醫生是一個看起來四十歲出頭的男人。

醫生1　　您哪裡不舒服？

美子　　手臂……右手臂總是覺得很麻。

醫生1　　（走到美子身邊，按了按她的肩膀。）是這裡痛嗎？

美子　　不，不是痛，是麻。就像……通什麼……（因為想不起單詞，尷尬地笑了笑。）唉，想不起來那個詞了。我最近總是這樣。是什麼來著？

醫生呆呆地看著美子。美子環視四周，然後指向天花板上的電燈。

美子　　那……那個……能源……

醫生1　　電嗎？

美子　　啊，對，是電！（笑出聲來。）就像通電一樣發麻。我最近健忘，總是想不起來要說什麼，昨天也是，想了半天也沒想起來香皂這個詞……

（又笑了。）只想起來茶箍，以前我們都把香皂叫作茶箍。

醫生1　從什麼時候開始這樣的？

美子　嗯……應該是幾天前吧。

醫生1　不是，我是問您從什麼時候開始想不起來要說什麼的。

美子　喔……什麼時候？從今年夏天，還是春天開始的？

醫生1　您今年貴庚？

美子　六十五……不對，六十六了。（又笑了。）

醫生1　嗯……您現在手臂發麻是因為肩膀的肌肉僵掉了，做一些簡單的運動就沒事了。比起手臂的問題，想不起來單詞可不樂觀，這是不好的信號。建議您最好去大醫院做一下精密檢查。

美子　大醫院？

醫生1　嗯，首爾的大學醫院或綜合醫院。我幫您寫一張轉診單。

美子面帶微笑，注視著寫處方箋的醫生。

5. 醫院門前 白天 / 室外

小城市規模不大的醫院大廳。美子一邊和某人講電話，一邊走出醫院。

美子　嗯，我在醫院。手臂麻……總覺得發麻。一直打算來看醫生，這不來了嘛。嗯……？自己啊，臭ㄚ頭，哪有人陪我來？真是的。（說完，笑出聲來。看來美子是在和女兒講電話。）我算是很健康了，別人到了我這個年紀不是神經痛，就是關節炎……唉，別提了。我算很健康啦。

美子經過急診室門前。因為醫院很小，走出大廳旁邊就是急診室，急診室旁邊可以看到殯儀館的招牌。急診室門前的停車場，停著一輛救護車，另一邊還停著警車。一個看起來四十幾歲的女人站在救護車半開的後車門邊哭泣著，她的臉曬得黝黑，一看便知是在田裡辛勞的農民。好像直接從田裡趕過來的女人穿著大花褲，赤腳踱來踱去，看起來十二歲上下的男孩手裡拿著女人掉在地上的拖鞋緊隨其後。

女人　妳去哪了……？臭ㄚ頭……不聽話的臭ㄚ頭……狠心的臭ㄚ頭……妳怎麼這麼不聽話……怎麼就這麼走了。喂，妳不能就這麼走啊……妳去哪了？喂，妳去哪了？呃……怎麼辦……？怎麼辦……？我問妳去哪了？去哪了……？

女人失魂落魄，嘴裡不停地發出既像哭聲又像語無倫次的怪叫聲。人們站在原地看著女人，一邊講電話一邊從醫院走出來的美子也停下腳步看向女人。

6. 超市 白天/室內

位於市區的大超市。超市雖大，但店很老了。門外可以看到狹窄且喧鬧的街景。一個四十多歲的女人正在櫃檯幫客人結帳。美子沿街走來，稍後開門走進超市。

美子	您好。
超市女人	啊，您來了？(看向掛在牆上的鐘錶。)有點晚了。
美子	我去了一趟醫院。
超市女人	喔，他打了兩次電話，問您怎麼還不來……

美子假裝吃驚，吐了一下舌頭。女人笑著把鑰匙遞給美子。美子接過鑰匙往超市裡面走去，裡面有一扇通往樓梯的門。女人一邊幫客人結帳，一邊給某人打電話。

超市女人　嗯，爸，看護大嬸現在上去了。

7. 樓梯 白天 / 室內

超市所在建築的樓梯。樓梯通往二樓和三樓的住家。美子推開與超市相通的門走上樓梯，經過二樓後走上三樓，在三樓門前用超市女人給的鑰匙打開門走了進去。

8. 姜老人的家 白天 / 室內

三樓住家的室內。從陽臺的窗戶看向客廳和主臥，主臥的房門半開著，客廳裡擺設著陳年的傢俱和一堆近來不會使用的雜物，窗邊擺滿了觀賞用的蘭花花盆。從室內的整體氣氛可以看出房子的主人年紀很大了。客廳一側的輪椅很是顯眼。客廳裡沒有人，美子的聲音從浴室裡傳了出來，她的語氣就像是在訓斥不聽話的孩子。

美子　這邊……這邊！不要動！我叫你不要亂動！喔喔？喔？你這麼硬挺著我怎麼幫你脫？……對！很好！把腿伸出來！很好，很好！……哎唷，做得真棒！

鏡頭朝聲音傳來的方向慢慢平行移動，在客廳可以看到浴室，從開著的門可以看到姜老人坐在浴缸裡，美子正在幫他脫衣服。不知何時，美子換上了工作服。

9. 浴室 白天 / 室內

浴室裡，姜老人的衣服好像都脫光了。美子打開水龍頭，調好水溫，淋在姜老人身上。姜老人嘴裡發出聽不懂的聲音。

美子　　燙嗎？不燙吧？

姜老人說了什麼，美子好像聽懂了似的笑了笑，然後用手幫姜老人開始洗身子。姜老人中風，右半邊身子抽動，麻痺嚴重到直流口水。姜老人要想講一句話，嘴角都會抽搐得很厲害，但他還是結結巴巴地說著誰也聽不懂的話。美子像訓斥孩子一樣大聲說。

美子　　不要動，不要亂動！喔喔！(老人發出聽不懂的聲音。)嗯？你說什麼？

姜老人用生氣的語氣說了什麼。美子重複姜老人的話，想知道他在說什麼。

美子　　我……耳朵……好好的……幹嘛對我大呼小叫？(美子無可奈何地笑了笑。)對不起，我小聲點。

美子繼續幫姜老人洗身子。

10. 客廳 白天 / 室內

美子從小房間走出來。工作做完後，她換好衣服，朝拉門開著的主臥走去。

美子　　會長，我回去了，再見。

洗完澡換上新衣服的姜老人坐在房內的無腿椅上。一看便知那是姜老人的房間，房間裡除了衣櫃，還有小書櫃、各種亂七八糟的東西和蘭花花盆，老人身旁還有一張矮桌和文具等東西。最引人注目的是他身後的小型鐵製保險箱。那古意盎然的保險箱不禁讓人覺得這個姜老人雖已老態龍鍾且渾身是病，但還是很吝嗇，只顧把錢攥在手裡。

姜老人　　都……都，做，了，嗎？

美子　　什麼？

姜老人　(大喊。)事都做完了嗎？

美子　嗯，都做完了。

姜老人　這麼快？

美子　怎麼能說這麼快呢？都三個小時了……洗衣服、打掃房間，該做的都做完了。

姜老人招手示意美子過來。美子走進房間，來到姜老人面前，姜老人把一張萬元紙鈔遞給美子。

姜老人　辛，辛苦……了……

美子　(接過錢。)謝謝會長。

姜老人　絕，絕對……不，不能，告，告訴別人，我，我給妳錢了……

美子　好，我知道了。

美子走出房間，一邊朝玄關門走去，一邊把剛才姜老人給的萬元紙鈔拿在眼前晃了晃，自言自語。

美子　唉唷，給得還真多。

美子打開玄關門走了出去。

11. 超市 白天／室內

開門走進超市的美子走向櫃檯前的女人。

超市女人　他今天沒喊嗎？

美子　怎麼可能沒喊？喊了有什麼用，我會喊回去……

美子笑了，超市女人也跟著笑了。超市女人數了五萬元遞給美子。

美子　（接過錢。）會長給了我一萬元……

超市女人　是喔？

美子　他叫我絕對不要告訴別人。一萬元而已……（笑出聲。）

超市女人　我爸出了名的小氣，給您一萬元，看來是對您很滿意……話說回來，您打扮得可真時髦啊！

美子　妳覺得我時髦？哪有，一點也不時髦。（並不討厭別人這麼說自己。）那東西怎麼又不見了……

超市女人　找，找什麼呢？

美子　那，那個……唉唷，（笑了。）又想不起來了。裝錢的，（用手比劃了一下。）不是有這麼大的東西嗎？（一直在翻包。）

超市女人　錢包嗎？

美子　對，錢包！（笑出聲。）錢包怎麼又不見了？

超市女人　（指了一下美子手裡的錢包。）這是什麼？

美子　（看到自己手裡的錢包笑得更大聲。）瞧瞧我……最近總是糊裡糊塗的。

超市女人忙著幫客人結帳，已經把視線從美子身上移開了。美子站在原地看著超市女人。

美子　我剛才在醫院看到一具女屍被送過來，好像是在江裡發現的，附近國中的學生……聽說是從橋上跳下來自殺的……那孩子媽……就像丟了魂似的……

超市女人似聽非聽，只顧著埋頭幫客人結帳。付完錢的客人瞥了一眼美子便走出了超市。

美子　（對超市女人說。）那我先走了。

超市女人　好，後天記得過來！

美子走出超市。

12. 公車站 白天 / 室外

設有長椅和玻璃遮雨棚的公車站。小巴駛來，停在公車站，美子下車，走了幾步後，突然停下腳步又走回公車站。公車站的告示牌貼有一張宣傳海報。

美子　　(遺憾。)報名截止了。

美子離開公車站準備過馬路，馬路對面可以看到三層樓高的老公寓。穿過馬路的美子朝公寓走去，一位老奶奶正在公寓入口處的平床上曬東西。美子經過時跟她搭話。

美子　　您曬什麼呢？

老奶奶沒有回應，她邋遢的穿著與一身華麗的美子形成了鮮明的對比。

美子　　女兒給您打電話了嗎？

老奶奶　　……

老奶奶依然沒有反應，但美子毫不在意，直接走進了公寓。

嵌入。公車站告示牌上是市廳文化院的活動海報。海報上的宣傳語「您也可以成為詩人！」，以及活動標題「金龍卓詩人特邀文學講座」。

13. 美子的家 傍晚 / 室內

狹小的公寓充斥著震耳欲聾的音樂聲。十幾坪的小公寓，除了寒酸、簡陋的傢俱以外，牆上還掛著大大小小的相框，乾花和各種裝飾品，以及像是用從月曆上剪下的照片複製而成的畫。整個房間凸顯出主人獨特的品味。美子開門走了進來。

美子　　小旭，回來了？

美子把包放在餐桌，走進小房間。靠牆的床上躺著一個孩子，他是美子的外孫鍾旭，但只能看到他的背。

美子　　喂，音樂怎麼放這麼大聲？房子都要震塌了。

美子關掉了書桌上的播放機。

美子　　（走近孩子。）怎麼了？哪裡不舒服嗎？

孩子喃喃自語，聽不清楚他在說什麼。美子走出孩子的房間，走進浴室，脫下衣服丟在浴室門外，然後鎖上門，洗澡聲傳了出來。

14. 美子的家 傍晚／室內

傍晚，美子在給外孫準備晚飯。鍾旭是一個十六歲的少年，臉上剛開始長青春痘。吃飯的時候，他的眼睛一直沒有離開電視。

美子　我白天給你打電話為什麼不接啊？

鍾旭　沒有電話打來啊？

美子　怎麼沒有？我打了兩次呢……

鍾旭　真沒有。（停頓。）我的手機太破了，給我換一部手機吧。這手機真的很煩。

美子　才剛買多久又要換新的？

鍾旭　嗯？都用一年半了……

美子　哪有一年半？

鍾旭　二年級的時候買的，二年級第一學期的時候。

美子　就是說嘛，要不是你整天玩手機，它怎麼能壞得那麼快呢？

美子用手捏著孩子的鼻子晃了一下，孩子痛得大叫。

美子　唉……都開始長鬍子了……可怎麼還像個孩子

似的。

鍾旭　　為什麼給我打電話？

美子　　啊……聽說你們學校有個女孩自殺了？跳江自殺的……所以想問問你。

鍾旭　　問什麼？

美子　　問問她是怎樣的孩子，前途無量的一個孩子為什麼自尋短見……

鍾旭　　我不認識她。

美子　　她叫什麼名字？

鍾旭　　妳問她名字做什麼？

美子　　她不和你一樣也是三年級的學生嗎？

鍾旭　　同年級也不一定都認識啊。

話題暫時中斷。停頓。

美子　　我哪有錢買手機？去跟你媽說吧。

鍾旭　　搞什麼！真小氣！

15. 空地 傍晚 / 室外

公寓前的空地。雖然天黑了，但路燈亮著，所以並不黑，可以看到坐在平床上聊天的大人和在一旁轉呼拉圈的孩子。

美子和鍾旭正在打羽球。美子打得很認真，每打一下都會發出呻吟聲，但鍾旭似乎不太感興趣，很不情願地揮著球拍。

美子　　喂！你認真點打！
鍾旭　　唉，好無聊。
美子　　你好好打，我今天去醫院，醫生讓外婆多運動。

繼續打羽球的兩個人。白色的羽球在黑暗的半空中飛來飛去。不知從哪裡傳來手機的聲響。鍾旭打到一半停了下來，從口袋裡取出手機。似乎是簡訊，鍾旭確認後回覆了對方。美子站在原地等鍾旭，但鍾旭把球拍丟在地上轉身就走了。美子大喊。

美子　　喂，你幹嘛？去哪？
鍾旭　　去見朋友！
美子　　三更半夜你去哪？

鍾旭沒有回答，直接朝馬路的方向跑了過去。美子站在原地望著鍾旭消失在黑暗中的背影。

16. 文化院 白天 / 室外

上午的陽光照在文化院前，美子一邊和某人講電話一邊走路。

美子	這個月繳了很多電費，小旭天天玩電腦、聽音樂……睡覺的時候也放音樂。我能說他什麼？唉，我可不敢說他。（笑出聲。）他是小少爺，小少爺啊。嗯？文化院。我去學寫詩……（又笑出聲。）嗯？是啊，我的確有點詩人的氣質，還喜歡花……總說不著邊際的話？（再次笑出聲。）

美子走近文化院。只有三層樓高的建築前掛著寫有「金龍卓詩人特邀文學講座」的橫幅。

17. 辦公室 白天／室內

幾名女職員坐在並不寬敞的文化院辦公室裡，美子從開著的門走進來。

美子	我是來聽文學講座的……
女職員1	文學講座？報名已經截止了……
美子	我知道已經截止了……不能通融一下嗎？
女職員1	這怎麼辦……
美子	我真的很想聽那個講座。
女職員1	（一臉為難地看向身旁的同事。）這位，怎麼辦？

大家一臉不知所措的表情看了看彼此。

18. 教室 白天 / 室內

一間朝陽，但不大的教室裡，金詩人正在上課。他六十歲出頭，看起來很像鄉下的國小老師。聽課的學生大概有二十人左右，其中大部分都是三、四十歲的女人，也有五、六個男人。大家一臉認真的表情望著金詩人。

金詩人　要想寫詩，就得好好地觀察。在我們的生活中，最重要的就是看。（在黑板上寫下韓文「看」。）看，就是觀察。生活離不開看，所以認真觀察世間萬物是很重要的一件事。你們看，我帶來了一樣東西。（從口袋裡取出一顆蘋果展示給大家。）這是什麼？

學生　蘋果。

金詩人　嗯，蘋果。我特意準備了一顆蘋果。我可真是有備而來的老師，（大家笑了。）其他老師肯定不會事先準備這些的。

傳來開門聲。金詩人看向門的方向，學生們也跟著轉頭望了過去。美子躡手躡腳地走進教室，她用驚慌失措的表情點頭打了聲招呼，但不知道該坐哪裡，遲疑片刻後，走到前面的空位坐了下來。金詩人等美子入座後才又繼續開口。

金詩人　來，大家看這顆蘋果！至今為止，你們看過多少次蘋果？

學生們都不講話。

金詩人　一千次？（有人小聲說「一萬次」。）一萬次？一百萬次？（看著大家，表情嚴肅地搖了搖頭。）錯了，至今為止，大家一次也沒有看過蘋果，一次也沒有！

學生們聽得很認真，但卻露出一頭霧水的表情。

金詩人　至今為止，大家並沒有真正地看過蘋果。真正的看，是想知道什麼是蘋果、想了解它、對它產生興趣、想與它對話。一直看著蘋果，觀察它的影子，拿在手裡撫摸它，也倒過來看一看，咬一口、嚐一下，也可以想像陽光滲入蘋果之中。這樣的觀察才算是真正的看。無論是什麼，當大家真正去觀察它的時候，便能自然而然地⋯⋯（把手放在胸口。）感受到什麼。就像泉水奔湧而出一樣，拿起紙和筆，等待那一瞬間的到來。一張白紙是充滿了純粹可能性的世界，是開天闢地前的世界。對詩人而言，這就是最美好的瞬間。在潔白的紙上，手握鉛筆……我非常喜歡鉛筆。把削好的鉛筆放在白紙上，會覺得好像變得富有一樣，很激動……感覺一首好詩馬上就要誕生了……所以我很喜歡削鉛筆。鉛筆要動手削才有趣。

美子　(認真聽著，突然開口說。)以前我也很會削鉛筆……

金詩人　(講話被打斷了，看向美子。)嗯？

美子　小時候，大家都誇我鉛筆削得好，姊姊和哥哥的鉛筆也都是我削的呢。

金詩人　啊，是喔？

美子莫名其妙的話妨礙了金詩人上課，他為難地看著美子，但還是寬容地開了一個玩笑，化解了尷尬的氣氛。

金詩人　那什麼時候也請您幫我削一下鉛筆吧。

大家笑了，美子也笑了。聽到詩人這樣講，美子似乎很開心。

金詩人　各位，大家來聽為期一個月的講座，結束的時候，每個人都要寫一首詩，知道了嗎？一定要寫一首詩。唯有寫詩，才能真正了解詩，不動筆就一無所獲，所以一定要試著寫一首詩。大家之前寫過詩嗎……？

幾個人舉手。

金詩人　有生以來從沒寫過詩的人……？

有人邊笑邊舉手，美子也舉起手來。

金詩人　好，我明白了。那從現在開始大家就來寫詩，試著寫出自己人生的第一首詩，知道了嗎？

學生　是。

美子望著金詩人，臉上帶著些許興奮。

19. 美子的家 傍晚 / 室內

透過洗碗槽上方的小窗戶可以看到隨風擺動的樹枝。美子俯身看了一眼洗碗槽，跟著在狹小的客廳裡踱起了步子。美子專心致志地觀察著家裡的東西，按詩人教的「仔細觀察」，尋找著寫詩的靈感。美子一臉嚴肅的表情仔細觀察著貼在冰箱上的便條紙、三色堇花盆和餐桌上的雜物。她的樣子看起來有點滑稽可笑。美子拿起餐桌上的蘋果，像課堂上的金詩人一樣，仔細端詳起蘋果。
門鈴響了。美子抬頭看向玄關門，鍾旭打開房門走了出來。

美子　　誰啊？

鍾旭　　朋友。

美子　　他們來幹嘛？大半夜的……這都幾點了？

鍾旭　　我們有事要商量。

美子　　這麼晚了，商量什麼……？白天混在一起還不夠啊！

鍾旭剛開門，幾個孩子便走了進來。一個、兩個……五個人進入，他們都是和鍾旭玩在一起的傢伙。幾個孩子走進來的時候，點頭跟美子問了聲好，然後一個接一個地進了鍾旭的房間。

嵌入。一顆放在餐桌上的蘋果。
美子一手拿著水果刀，認真觀察著蘋果。她走到鍾旭的房間開門，但門鎖住了。美子一邊搖晃門把手，一邊喊道。

美子　　怎麼把門鎖上了？

美子又是搖晃門把手又是敲門，鍾旭半開著門，探出頭來。

鍾旭　　(不耐煩。)幹嘛？

透過門縫可以看到幾個孩子擠坐在一起。若是平時，他們會一邊玩電腦，一邊嘻嘻哈哈地有說有笑，但不知為何氣氛有別於以往。

美子　　你們鎖門幹什麼呢？不餓嗎？我削蘋果給你們吃啊？

鍾旭　　不吃，妳不要打擾我們了！煩不煩啊！

鍾旭關上了房門，美子坐在餐桌前削蘋果。
隨著果皮一點一點削去，白皙的果肉露了出來。蘋果看起來很好吃。美子喃喃自語了一句。

美子　　比起拿在手裡看，蘋果還是得削來吃。

美子削下一塊蘋果送進嘴裡。好吃。

20. 大樹 白天 / 室外

社區裡的一棵大樹。美子坐在大樹下的平床上，抬頭仰望著大樹。樹葉隨風擺動，陽光在樹葉的縫隙之間閃閃發亮。美子一動不動地仰望著那樣的光景。

「第12場次」的老奶奶走過來，好奇地看了一眼美子，也跟著仰望了一下大樹。

老奶奶　　妳看什麼呢？

美子　　樹。

老奶奶　　看樹做什麼？

美子　　我想好好地觀察它，看著它，感受它，想知道它在想什麼，想對我說什麼。

老奶奶一頭霧水地看了看美子，轉身走了。美子依舊仰望著大樹。手機響了。

美子　　喂？誰……？基範的爸爸？啊，嗯……我知道基範，他天天和我們家小旭玩在一起……嗯，當然了，昨天也來我們家了呢……怎麼了？有什麼事嗎？啊……現在不行……我要去學詩。詩……十二點下課。文化院……好，好的，那到時候見。

嵌入。隨風搖擺的樹葉。

21. 教室 白天 / 室內

金龍卓詩人正在文化院的教室裡上課。

金詩人　寫詩就等於是在尋找美好。我們要從所見的事物和日常生活中尋找真正的美好。真正的美好，不只是外表看起來的漂亮。每個人心中都懷揣著詩，但大家把它囚禁起來了，必須釋放它，讓囚禁在心中的詩插上翅膀，展翅飛翔……

詩人突然停了下來，因為美子舉起了手。

美子　老師，什麼時候才能找到寫詩的靈感啊？

金詩人　妳問什麼時候才能找到靈感？

美子　嗯，無論我怎麼努力都找不到靈感，什麼時候才能找到靈感啊？

金詩人　靈感是不會自己找上門的。我們得親自去尋找、去祈求，但即使這樣，它也不見得會露面。靈感是很珍貴的東西，怎麼可能輕而易舉地出現呢！所以我們得去找、去求它。

美子輕輕地點了一下頭，接著又追問了一句。

美子　　那要去哪裡找呢？

金詩人一時啞口無言，略顯不耐煩，但還是心平氣和地回答。

金詩人　　那……那個……不是要去特定的地方找……只能隨處尋找，邊走邊找……靈感怎麼可能待在原地等我們呢？不過可以肯定的是，它就在我們身邊，沒有在很遙遠的地方……就在我們現在身處的地方。我不是說過嗎，洗碗槽裡也有詩……

聽了金詩人的話，美子流露出努力想要找出答案的表情。

22. 文化院門前 白天 / 室外

文化院入口。下課後，美子和大家一起走出來，她正拿著手機和某人講電話。

美子　　你在哪裡？方向燈？

美子環顧四周，聽到了汽車的喇叭聲。
文化院對面的馬路邊停著一輛打著方向燈的轎車。基範的父親

（約四十幾歲。）打開車門走了過來。

基範父親　您好！您就是朴鍾旭的外婆吧？
美子　你是基範的爸爸？
基範父親　是，請先上車吧！
美子　去哪裡？
基範父親　您的外孫和我兒子，他們不是總六個人玩在一起嗎？中午打算和其他幾個孩子的家長一起吃飯。您跟我一起過去，上車吧。

基範的父親坐上駕駛座，美子坐在他旁邊。

23. 車內　白天／車內

出發後，基範的父親轉頭看向美子。

基範父親　您在那裡聽什麼講座啊？
美子　啊，我在學詩，一週兩次……
基範父親　詩？唱的那種時調嗎？
美子　（笑。）不是……是寫詩。
基範父親　（停頓。）為什麼學詩啊？
美子　（笑出聲。）是啊，我為什麼要學詩呢？（自己想了想也覺得很好笑，又笑出聲來。）以前唸小學三年級的時候，不是到了秋天都會舉辦寫作比賽嗎？老師看了我寫的詩說：「美子啊，妳以後會成為詩人！」幾天前，我在路上看到文學講座的海報，突然想起了五十年前我們老師講的那句話……

基範父親 所以您想成為詩人？

美子 （又笑了。）現在，我的目標就只是寫一首詩。老師說，講座結束以前，每個人都得寫一首詩。我把這件事告訴女兒了，她說我本來就有詩人的氣質，說我喜歡花，有時還會說一些莫名其妙的話……（笑出聲。）

基範父親 女兒就是鍾旭的媽媽吧？她現在住在哪裡？

美子 住在釜山。但經常給我打電話，什麼都跟我聊，我和我女兒是朋友，永遠的朋友……（轉頭看向基範的父親。）話說回來，到底什麼事啊？

基範父親 （不知為何半天沒有回答。）……總之，去了就知道了。

美子 （不安的表情，臉僵住了。）不是好事吧？嗯？這氣氛……

基範父親 ……嗯，不是好事。

24. 餐廳 白天／室內

視野很好，可以俯瞰到江景的餐廳。

一間大玻璃窗的包廂裡坐滿了人，透過整片的玻璃窗可以看到餐廳的院子，院子對面可以看到江景。除了美子以外，其他人看起來都四十幾歲，都是鍾旭朋友們的父親。坐在角落處的美子覺得很尷尬和不自在，其他人正在互相交換名片、打招呼。有的人早就認識，也有初次見面的人。

店員在一旁等候點餐。看樣子，順昌的父親是這間餐廳的常客。

順昌父親　今天怎麼沒見老闆啊？

店員　老闆今天有事去首爾了。

順昌父親　啊，今天沒來店裡？

店員　是的。

順昌父親　啊……

秉振的父親是農協的職員，順昌的父親在做房屋仲介和民宿的生意。大家爭論了半天是要點兩份海鮮鍋，還是一份海鮮鍋和一份辣燉鮟鱇魚。宗哲的父親是自來水公司的職員，看他著急的樣子，似乎是想趕快吃完午飯趕回公司。

基範父親　要一份大的海鮮鍋和一份辣燉鮟鱇魚，先把啤酒送過來吧。

店員走出房間後，屋子裡頓時籠罩了一層尷尬的沉默。

宗哲父親 (看向順昌父親。)那順昌爸先說明一下吧。

秉振父親 那個……等酒來了再說吧，氣氛這麼緊張……

泰烈父親 唉，現在非得喝酒嗎？我趕時間，趕快講吧！

美子默默地坐在角落處。雖然不知道為什麼自己要坐在這裡，但還是無法擺脫越來越不安的感覺。

順昌父親 那我就講了。我先簡單地說一下事情的經過，因為在座還有人不知道出了什麼事……前不久，西中三年級的女孩自殺了，名叫朴熙珍，父母是種田的，家住在盤谷面……但聽說，那孩子在日記裡寫，從自殺幾個月前開始，便一直遭到同校六名男生的性暴力。

美子聽到順昌父親這番話，表情漸漸僵住了。基範父親稍稍拉開包廂的房門看了一眼外面，好像在警惕有沒有人偷聽。他對送酒來的店員做了一個手勢，阻止他進來，然後自己出去接過放有啤酒的托盤走回包廂。期間，順昌父親沒有停止講話。

順昌父親 那女孩的家人看到日記後，把這件事告訴了學校，學校把幾個孩子找去進行了調查。六個孩子都承認了……都如實交代了。看來這事是真的。最初是兩個傢伙，權順昌，(舉手。)我家的孩子，還有金宗哲……

宗哲父親　(舉手。)我家孩子。

順昌父親　這兩個傢伙先開始的，但過了一段時間以後，整天跟他們混在一起的四個傢伙也加入了。他們說，最初不是強迫的，也就是說，那女孩也是自願的……

泰烈父親　這種話說了誰信啊？再說了，事到如今說這些，只會遭人唾棄。

順昌父親　(聽到泰烈父親的斥責很生氣，但忍了下來。)是啊，你說的沒錯。

其他人交談的時候，美子漸漸受到衝擊，但她沒有表露出來。基範父親給美子倒酒。

基範父親　女士優先……(美子擺手拒絕。)就幫您倒上。

無奈，美子只好接過酒杯。

宗哲父親　聽說那女孩個子不高，長得也不怎麼樣，真想不明白這幾個孩子看上她什麼了。

泰烈父親　個子高，長得好看，你就能想明白了？

秉振父親　學校哪裡能讓他們做這種事啊？竟然六個月……

順昌父親　說是在科學實驗室。具泰烈是科學班的班長，有鑰匙。

泰烈父親　（垂頭，舉手。）我家孩子。

每當聽到自己家孩子的名字，在座的男人就會舉起手，樣子十分滑稽。

基範父親　科學實驗室在學校走廊盡頭，沒有課的話老師也不會去，所以沒有被人發現。

順昌父親　孩子死了的確讓人惋惜……但現在我們得想想自己家的孩子怎麼辦……所以才把大家請來，我們必須統一行動。

秉振父親　嗯，沒錯。必須統一行動。

大家就像為了統一行動互相碰了一下酒杯。

基範父親　（看了一眼美子。）鍾旭外婆也碰一下杯吧。

無奈之下，美子舉起酒杯，基範父親和她碰了一下杯，所有人喝了一口酒。美子的身體徹底僵住了，她似乎不相信他們說的都是事實。

泰烈父親　那女孩的父母是種田的？

基範父親　嗯，聽說她爸幾年前出車禍去世了，她媽一個人扶養著姊弟倆。

順昌父親　我們得哄住她媽。幸好她沒把這件事說出去，但也不知道她有什麼打算……總之，為了安慰受害者家屬……

美子從座位上站起來，拉開房門走了出去。所有人看向美子，但沒有停止交談。

宗哲父親　得給她精神慰撫金。

順昌父親　沒錯，我們得商量一下這個精神慰撫金的問題。我跟學校老師也談過了，怎麼也要三千萬元……所以每家出五百萬元。

泰烈父親　這件事有誰知道？

順昌父親　校長和幾個老師，還有一兩個警察……(問基範父親。)就這幾個人吧？

基範父親　嗯。學校和警察溝通得也很順利。學校也不希望這件事聲張出去，受害者不起訴的話，警察也不能先展開調查。但問題是，媒體這邊……聽說地方的小報社嗅到了什麼，總是往學校打電話，刨根問底地追問。

基範父親講話的時候，順昌父親透過玻璃窗看到走到停車場的美子。美子好像在欣賞花壇裡的雞冠花，但其實她是在小本子上寫著什麼。

順昌父親 唉，最近地方的小報社更可怕，我們可得小心，不能走漏風聲啊。(看向窗外。)她在那幹什麼呢？

聽到這句話，大家都看向窗外。

宗哲父親 真是個沒長腦子的老奶奶。這都什麼時候了，還有心思賞花！

秉振父親 她是鍾旭的外婆吧？那孩子父母不在身邊，她一個人扶養孩子吧？

基範父親 鍾旭是外孫，父母離婚後，孩子跟了外婆。聽說他媽住在釜山。別看她這樣，好像過得很艱難，領著生活補貼金，還做著保姆……女兒也看別人的眼色過日子，都不怎麼給她寄生活費。

宗哲父親 那五百萬元怎麼辦？

秉振父親 當然要出了，這可是關乎到她外孫將來的問題。

25. 餐廳院子 白天／室外

基範父親從餐廳走出來，朝美子走了過去。美子蹲在花壇旁邊，正在小本子上寫著什麼。

基範父親　(略開玩笑說。)妳在寫詩嗎？

美子　筆記而已……老師說要這樣做筆記。

基範父親　(一臉好奇的表情看著小本子。)寫的什麼啊？

美子　血……(笑。)如血一般的紅花。

基範父親　這花真的像血一樣紅。

美子　你知道雞冠花的花語是什麼嗎？盾牌。因為長得很像盾牌，守護我們的盾牌……

基範父親默默地看著美子。停頓。

基範父親　我們進去吧，進去吃飯吧。

但美子依舊站在原地，盯著眼前的雞冠花。

26. 美子的家 傍晚／室內

俯瞰電視畫面。電視正在播放吵鬧的綜藝節目，喧嘩的笑聲傳了出來。

正在準備晚飯的美子站在原地看向電視，鍾旭也坐在餐桌前轉身邊笑邊看電視。放在瓦斯爐上的鍋燒開了，美子打開鍋蓋，用湯匙攪拌了幾下後倒入咖哩，然後又攪拌了幾下，最後盛在盤子裡端上餐桌。鍾旭看到咖哩抱怨了起來。

鍾旭　　啊，又是咖哩！
美子　　怎麼了？你不是很喜歡吃咖哩嗎？
鍾旭　　中午在學校吃的也是咖哩。
美子　　是嗎？我不知道。

儘管如此，鍾旭還是拌了拌咖哩吃了起來，他的視線依舊盯著電視。美子站在洗碗槽前，一聲不吭地看著電視。兩個人默默地看著電視。

27. 美子的家 早上／室內

早上，鍾旭匆匆忙忙地從房間出來，他拎著書包朝玄關跑去，美子緊隨其後。

美子　　你帶運動服了嗎？今天不是有體育課嗎？

鍾旭開門跑出去的時候說了一句話，但因為關門聲太大而無法聽清。美子站在原地注視著關上的大門，門外傳來急促下樓的腳步聲。美子走到客廳窗邊，把臉貼在窗戶上俯瞰樓下。

28. 鍾旭的房間 早上／室內

美子站在門口看向鍾旭的房間。狹小的房間和往常一樣雜亂無章，音樂聲依稀從某處傳來。鍾旭好像沒關音樂就出門了。片刻過後，美子慢慢走進房間。牆上貼著遊戲海報和偶像歌手的照片，脫下來的衣服凌亂地丟在單人床上，書桌上的電腦還開著。雖然眼前看到的是平時的光景，但此時美子卻覺得彷彿走進了陌生的世界。她小心翼翼地環顧房間，像是在找什麼東西。

過了一會，美子走到書桌前，音樂持續響著。美子拿起一本筆記本翻了幾頁，然後打開抽屜翻了幾下，但沒看到什麼特別的東西。她突然意識到連她自己也不知道在找什麼。就在她打算關上抽屜的時候，另一隻手按到了電腦的鍵盤。音樂聲變大了，屋子裡充斥著如同吶喊般的搖滾樂，電腦螢幕上也出現了怪異型態的音波圖形。莫名的恐懼感襲來，美子下意識地又亂按了幾下鍵盤，但音樂聲變得更大了。不知緣由的恐懼感將美子徹底包圍，她慌張地亂按起鍵盤，音樂聲反而越來越大了。

最後美子乾脆關掉電源。螢幕變黑，隨即映照出美子的臉。這時，手機響了。

29. 客廳 早上／室內

美子走出鍾旭的房間，拿起放在餐桌上的手機。

美子　喂？是……您好！嗯？教務主任？喔……幾點？

30. 咖啡廳 早上／室內

一間咖啡廳的角落處。「第24場次」中的家長、教務主任和學生主任圍坐在桌前。因為是白天，所以沒有其他客人。教務主任正在低聲講話，在幾個畢恭畢敬聽著教務主任講話的家長裡可以看到美子。

教務主任　學校也沒有幾個人知道這件事。只有我和這位學生主任，還有朴熙珍(更小聲。)，那個去世學生的班導師知道，幾個男生的班導都不知道。我已經囑咐熙珍的班導師絕對不能把這件事講出去了。這件事關乎到孩子的將來……傳出去，學校也會鬧得沸沸揚揚……所以各位絕對不能走漏風聲。

基範父親　您大可放心，這件事關係到孩子的人生，我們絕對不會說出去的。

教務主任　嗯，連說夢話也不行。但當務之急，你們得趕快和女生家長談和解，賠償金的事決定了嗎？

順昌父親　嗯，考慮到各方面的因素，最後決定每家出五百萬元，一共三千萬。這個金額應該很合適了。

教務主任　嗯，三千……賠償金，大家都同意了？

順昌父親　嗯，當然都同意了。只是還沒準備好，有人還沒交錢……但都同意了。

教務主任　總之得儘快跟女生家長見面解決這件事。

基範父親的視線悄悄地轉向美子，美子板著臉看向了別處。

31. 教堂走廊 早上／室內

美子走進教堂大門。因為是平日的白天，所以大門通往教堂的小走廊裡沒有什麼人。雖然陽光從小窗戶照了進來，但室內看起來還是很暗。教堂裡面傳來風琴的伴奏和音樂聲。美子走到布告欄前，上面貼著各種布告文。

其中一張A4大小的紙上寫著「朴熙珍聖雅妮的安魂彌撒」。鏡頭下抬鏡，布告欄前面擺有一張木桌，一張少女的照片放在塑膠相框裡。相框旁邊點著蠟燭，還有不知是誰放的幾朵鮮花。美子注視著照片裡的臉，厚厚的嘴唇、圓圓的小臉蛋。彌撒開始了，教堂裡傳出神父的聲音。

神父	(O.S)因為我父的旨意，是要使所有看見了子而信的人有永生，並且在末日我要使他們復活。
信徒們	(O.S)耶穌，讚美祢。
神父	(O.S)今天我們為幾天前去世的朴熙珍聖雅妮舉行安魂彌撒。

透過教堂的玻璃門，可以看到裡面正在舉行彌撒的神父和信徒們。陽光照在玻璃門上，反射出教堂的院子風景，這使得室內看起來更暗了。美子推開玻璃門走了進去。神父的聲音始終沒有中斷。

神父	(O.S)聖雅妮在十六歲如花般的年紀失去了寶貴的生命，這令人感到無限悲傷，但相信我父的旨意，相信雅威會安撫聖雅妮的靈魂，讓她在天堂永遠地幸福。我們來為聖雅妮祈禱。

32. 教堂裡 白天 / 室內

美子躡手躡腳地走進教堂，坐在後面，注視前方。神父站在祭壇前主持著安魂彌撒，遺屬和其他人站在原地祈禱。寬敞的教堂裡人很少，顯得十分冷清。美子像躲在後面一樣，默默地坐在那裡注視著大家。

神父　我們相信上帝庇護、擁抱了聖雅妮短暫一生的痛苦，她將在天堂得到上帝所賜永活的生命。讓我們齊心虔誠地為聖雅妮祈禱。全體起立。

信徒們從座位上站起來，但美子沒有起身。神父開始禱告。

神父　讓我們爲聖雅妮獲得上帝的救贖祈禱。願她透過洗禮聖事早早地接受並珍藏永活生命的種子，願離開人間的聖雅妮加入聖人的行列。

信徒們　主啊，求祢聽我們的祈禱。

神父　透過永活生命的方式供奉我父的聖體，誠摯地請求上帝讓離去的聖雅妮復活，走進祢的懷抱。

信徒們　主啊，求祢聽我們的祈禱。

美子突然轉頭看向旁邊，只見另一側同排的座位上站著二、三名看似三年級學生的少女，她們應該都是熙珍的朋友。其中一個孩子看向美子，美子迴避她的視線，立刻轉過頭。彌撒仍在繼續。

神父　為失去聖雅妮而哀傷的家人、親人和朋友祈禱，請賜予他們安慰與和平。

信徒們　主啊，求祢聽我們的祈禱。

美子小心翼翼地又轉頭看向那幾個孩子，那個孩子還在盯著美子。美子再次回頭，片刻之後又看向她們，但那孩子依舊望著美子看。美子迴避她的視線看向前方，接著從座位上站了起來，就像背後有人追趕似的走了出去。

神父　祈禱是奉我主耶穌基督的聖名來祈求。

信徒們　阿們。

33. 教堂走廊 白天 / 室內

美子推開玻璃門走出教堂，走了幾步突然停了下來。她轉身走回布告欄，低頭看向塑膠相框裡的熙珍照片，然後拿起相框。美子注視著相框裡的熙珍，猛地抬頭環視一圈，接著迅速地把相框塞進包裡。美子轉身走了出去。起初她還若無其事地走著，但莫名的不安感隨即湧上心頭，聽到身後傳來人們隱約的講話聲，美子下意識地加快腳步朝大門的方向走去。美子險些與從正門走來的男人撞上，她匆忙地跑走了。男人詫異地回頭望向美子的背影。

34. 姜老人的家 白天 / 室內

姜老人家的客廳。浴室的門開著，可以看到正在幫姜老人洗澡的美子。美子手持蓮蓬頭淋濕姜老人後，開始幫他洗身。

浴室裡，美子正在幫姜老人洗身。美子沉著臉，一聲不吭。
姜老人盯著美子的臉，觀察著她的臉色。默默地幫姜老人洗澡的美子。

35. 客廳 白天 / 室內

洗完澡，換上新衣服的姜老人推著助行器走出浴室，朝臥室走去。美子攙扶姜老人走到床邊時，姜老人問美子。

姜老人　……今，今天有，有什麼事嗎？
美子　嗯？
姜老人　我，我問，妳有什麼事？

美子　　什麼事也沒有。怎麼了？

姜老人　一，一句話也不說……平時都跟小雲雀似的喳……喳喳叫……

美子　　我什麼時候跟小雲雀一樣喳喳叫了？

姜老人　（用不靈活的嘴，滑稽地模仿起小雲雀。）喳，喳喳喳……喳喳喳喳……

美子一聲不吭地從冰箱裡取出果汁倒進杯裡，然後遞給姜老人。姜老人一手接過果汁，看著美子。

姜老人　喂，妳這什麼表情？跟生氣的人似的……笑一下，笑一笑……

美子　　我不能笑。

姜老人　為什麼？

美子　　以前那些男人都不准我笑，說看到我笑，就會喜歡上我。我要是笑了，你也會被我迷倒的。

呵、呵、呵，姜老人笑了。

36. 浴室 白天 / 室內

美子正在浴室的洗臉檯洗抹布，她的臉和衣服都被汗水浸濕了。打掃完，美子照了照鏡子，鏡中出現了一張疲憊不堪的臉。美子鎖上浴室的門，脫下衣服，把衣服放在架子上，打開水龍頭。站在從蓮蓬頭湧出的水柱下，美子突然哭了起來，她強忍著不發出聲音，但眼淚卻止不住地流著。

37. 客廳 白天 / 室內

姜老人倚坐在浴室門口的牆邊，正在偷聽浴室裡的流水聲。

38. 美子的家 傍晚 / 室內

電視裡正在播放吵鬧的綜藝節目，現場觀眾哄堂大笑的聲音傳了出來。美子和鍾旭像「第26場次」一樣，默默地看著電視。鍾旭坐在電視機前，美子則板著臉站在洗碗槽前。節目結束後，開始播放廣告。鍾旭站起來走回自己的房間。站在原地的美子朝鍾旭的房間走去。

美子　　出來！（孩子沒有反應，更大聲。）快出來！

稍後，門開了。鍾旭從房間走出來。美子抓起孩子的手臂，把他拽到電視機前。

美子　　看看你把這裡弄得多亂，吃完的零食袋、襪子、紙、遙控器……清都不清。我說過多少次了？連禽獸都知道要清理自己留下的痕跡……

鍾旭一聲不吭地撿起地上的零食袋和紙。

美子　　還有襪子！

鍾旭撿起襪子，把垃圾丟進垃圾桶，打開廁所門把襪子丟進洗衣機，然後走回自己的房間。房門哐的一聲關上了，美子依舊站在原地。

39. 美子的家 傍晚 / 室內

時間經過。電視正在播報夜間新聞。

時間已經很晚了，美子一個人坐在電視機前。過了一會，美子拿起遙控器關掉電視，寂靜隨即籠罩了狹小的客廳。美子呆坐在原地看向鍾旭的房間。片刻過後，美子起身朝鍾旭的房間走去。

40. 鍾旭的房間 深夜 / 室內

熄了燈的昏暗房間。美子打開燈，只見鍾旭蜷縮著身體睡在單人床上。美子望著熟睡的孩子，上前搖醒了他。

美子　　你起來，起來……

鍾旭睜眼看向美子。

美子　　起來，外婆有話要說。

鍾旭皺著眉頭，眨了幾下眼睛，然後蒙上被子又躺下了。美子抓住孩子的肩膀用力拉了幾下。

美子　　起來！我叫你起來！

孩子面對牆壁，躺在床上一動不動，美子失控大喊。

美子　　你為什麼做那種事！為什麼做那種事！

聽到美子近似哭喊的聲音，鍾旭這才坐了起來。鍾旭呆呆地看著美子，兩個人之間流淌著沉默。孩子起來後，美子才意識到自己不知道要說什麼。過了一會，鍾旭又躺下了。美子抓著被子用力拽了幾下，但孩子就像石頭一樣一動不動。拉扯之戰在沉默中持續著。美子喘著粗氣，聽她的聲音，感覺就快哭出來了。美子使出渾身的力氣，但怎麼也拽不動孩子。美子感到精疲力盡，呆站在原地注視著孩子，然後走出了房間。

41. 美子的家 早上 / 室內

隔天一早，美子和鍾旭坐在餐桌前吃早飯，兩個人都沒有講話。鍾旭放下湯匙，正要站起來。

美子　　為什麼不吃了？
鍾旭　　沒胃口。

美子抓住起身的鍾旭的手，鍾旭面無表情地看著美子。

美子　　這世上，外婆最喜歡什麼？
鍾旭　　……
美子　　知不知道？
鍾旭　　知道。
美子　　外婆喜歡什麼？
鍾旭　　小旭好好吃飯。
美子　　知道就好。

鍾旭乖乖坐下來，拿起湯匙吃起了飯。兩個人再次沉默不語。

42. 教室 白天 / 室內

正在上課的教室裡，一位看起來三十歲出頭的女學生站在前面講著什麼。好像每個人都要站到前面發表演講，只見女學生身後的黑板上寫著幾個字——「我人生中最美好的瞬間」。女學生害羞地講著自己的故事。

學生1　嗯……這是我小時候的事了。因為家裡有事，所以我在外公外婆家住了一段時間。對我來說，外婆就是媽媽。外婆很喜歡唱歌，但她天天只顧著幹活，根本不會唱歌……。我很小的時候，還沒上小學以前……我找來這麼大的窗戶紙，祭祀的時候用的那種白紙，把歌詞寫在上面，然後用筷子指著歌詞教外婆唱歌。不知道為什麼，對我來說，那件事好像就是我人生中最美好的瞬間。

金詩人　(O.S)教的什麼歌啊？

學生1　(看向金詩人。)女船工……(她的眼眶突然紅了。)去年外婆去世了。我記得每次去外婆家，她都會讓我唱那首歌給她聽……(情緒一時有些失控。）外婆總是讓我唱那首歌給她聽……所以我常常唱。

CUT TO

一位四十幾歲的女學生坐在前面講著自己的故事。

學生2 我很晚才結婚，所以快到四十歲的時候才有了第一個孩子。因為我是高齡產婦，加上是第一胎，所以醫院一直嚇唬我。就這樣，十月懷胎後開始了陣痛。天啊，那還是我有生以來第一次覺得痛不欲生。不管怎樣，陣痛過後，孩子出生了。當時的感覺，嗯……就像太陽一樣的大火球嗖的一下出來了。對我來說，最美好的瞬間就是聽到孩子的第一聲啼哭，那也是最震撼和激動的瞬間。

CUT TO

一位四十幾歲的男學生面帶倦色，坐在前面。

學生3 我想來想去，好像沒有美好的記憶。對不起……（男人垂下頭，但金詩人和其他人沒有任何反應，只是默默地看著他。沒辦法，男人只好又開了口。）我住了二十多年半地下的房子，六年前搬進了位於京畿道利川市的社會住宅，押金一千萬，月租八萬。搬去利川算是我人生中最美好的瞬間了，我躺在房間的地板上，感覺就像擁有了全世界……嗯……。

43. 學校 白天 / 室外

學校操場上有幾個踢球的孩子。臨近傍晚時分，太陽西下，大部分的孩子都回家了。三、四個孩子站在那裡互相傳球，空蕩的操場上迴盪著踢球的聲音。
美子坐在操場一側的長椅上看著那幾個孩子。孩子詫異地回頭看向美子。突然鳥叫聲傳來，美子抬頭看向大樹，接著低頭在小本子上寫下什麼。

嵌入。美子寫在小本子上的字。

鳥兒的歌聲
在歌唱什麼

稍後，美子起身朝教學樓走去。

44. 走廊 白天 / 室內

美子小心翼翼地一邊環顧周圍，一邊走在空無一人的走廊上。美子突然停下腳步，只見她頭頂掛著「科學教室」的牌子。美子透過窗戶看向教室，她看到一片朦朧的黑暗。美子把臉湊近窗戶貼在玻璃上，像是發現了什麼似的。

從教室裡看向美子的臉，她的鼻子壓在玻璃上，壓得有點歪了。

45. 咖啡廳 傍晚 / 室內

位於江邊的一間咖啡廳。美子開門走進來，可以聽到詩朗誦的聲音。站在櫃檯前的店員小聲問美子。

店員	觀迎光臨。一個人嗎？
美子	(同樣壓低聲音。)嗯，聽說這裡有詩朗誦會⋯⋯
店員	是的，您來得剛好，請坐。

美子走進店裡，尋找座位。相當寬敞的咖啡廳，一側設有小舞台，那裡正在舉行詩朗誦會。舞台上掛著寫有「星期五詩朗誦會」的橫幅，台下圍坐了大概二十幾個人，他們好像都是來參加詩朗誦會的人。美子在距離舞台稍遠的地方坐下來。窗外可

以看到傍晚時分的江景。美子望向舞台。

舞台上，一名大概四十歲出頭的女人(趙美惠)胸前戴著華麗的花胸針，正在認真地朗誦自己寫的詩。

趙美惠　*寫詩是*
思念在寒冬臘月的凌晨，
用關節腫脹的手淘米的母親；
寫詩是
在深夜獨自醒來時的哭泣；
寫詩是
重建坍塌的心柱，
打造美好且牢固的基石；
寫詩是
獨自守在窗邊，
安撫搖擺不定的思緒；
寫詩是
毫不保留地舀盡長滿青苔的水；
寫詩是打造一片空白之林。

女人朗誦完，吐了一下舌頭。坐在台下的人們鼓掌，女人把麥克風交給主持人。主持人也是一位貌似四十多歲的女人。

主持人　都說愛詩的人心中有花，我們的趙美惠小姐不僅心中有花，胸前還戴了一朵美麗的花。謝謝妳。接下來請身穿激情的紅色T恤的李東奎先生來朗誦趙美惠小姐寫的詩〈寒蟬〉。

三十多歲的男人走上台，接過麥克風。

李東奎　*你的背後傳來寒蟬的鳴叫聲，*
蟬鳴嘒嘒，你揉著雙眼醒於世；
直到去年夏天開在指甲上的鳳仙花凋零，
你的背後依舊傳來寒蟬的鳴叫聲，
我也煽動翅膀隨你高歌。

(朗誦完，接著說了自己的感想。)這首詩寫了寒蟬，讓我想到知了。知了為了尋找自己的另一半，會在短暫的夏日裡發出聲嘶力竭的叫聲，就像要打破酷暑的炎熱一般……我不禁思考，自己是否也能像充滿激情的知了一樣尋找另一半呢？謝謝。

男人鞠躬致謝，走回了自己的座位。主持人拿起麥克風。

主持人　嗯，您道出了自己的真心話，看來今天是為了展示這份熱情，所以穿了一件紅色的T恤啊。接下來，請好久未露面的朴尚泰先生為我們朗誦。雖然他因事故傷到腿，但今天還是帶來了一顆大西瓜。

伴隨著掌聲，一位看起來五十多歲、身材魁梧且肚子很大的男人走上了舞台，他從主持人手中接過麥克風說道。

朴尚泰　　大家好。其實，上次我有來……(看著主持人。)上個星期是您沒來吧，說久未露面好像不太貼切喔。

主持人　　啊，是我的錯。

朴尚泰　　嗯，反省一下吧。

在座的人哄堂大笑。男人開始朗誦詩。他的聲音竟然出乎意料地油膩。

朴尚泰　　*玫瑰帶刺的理由，*
是不想被人摘走；
我心中的刺，
渾然遍布全身的時候，
露出暗紅微笑的時候，
不要用讚美之言折損我；

紅唇的一個吻，
是嚮往純潔的誓死熱情。
請不要再愛我，
季節的車輪從未停止轉動。
(朗誦結束。)

雖然我不是很懂，但覺得這首關於玫瑰的詩寫得很好。簡單來講，這首詩的意思就是不要玷污我。(笑聲。)詩裡提到了吻，我想了一下這個吻是什麼意思……吻……嘴唇碰在一起，舌頭竄來竄去……用成語來講的話就是，口舌之爭！

大家放聲大笑，女人們的笑聲聽起來特別響亮。

朴尚泰　親吻是嘴唇相互碰在一起，那大家知道兩輛車碰在一起的成語是什麼嗎？

男人1　車輪之爭？

一片笑聲。

朴尚泰　哈，口舌改成車輪了？不用想得那麼複雜(把兩個拳頭碰在一起。)。兩輛車像這樣碰在一起，四個字。交通事故。（笑聲越來越大。）我因為交通事故傷了腿，住進醫院，今天是偷跑出來的。大家知道我腿受傷的時候在想什麼嗎？我心想，這裡、中間這裡如果能一下子長出一條腿就好了。（台下笑成了一片。一位女子開懷大笑，笑聲特別地大。）雖然我現在還沒出院，但下次一定會更帥氣地來見各位。

伴隨著人們的笑聲和掌聲，男人走回座位。美子從椅子上站起來，走到趙美惠身邊。另一個人走上台開始朗誦。美子向趙美惠搭話。

美子　請問，我可以坐在這裡嗎？

趙美惠　（看了一眼美子。）嗯，請坐。

美子　我有點事想請教……

趙美惠　啊，是……您說。

美子　您的詩寫得真好。

趙美惠　您過獎了，我寫得不好，真教人難為情。

美子　您剛才說寫詩沒多久……這種詩是怎麼寫出來的啊？

趙美惠　嗯，這次很容易、很自然地就寫出來了。剛寫出一行，接下來的幾句就跟蠶吐絲一樣出口成章了。感覺就像在詩海裡遨遊、像蝴蝶舞動翅膀一樣，自然而然就寫出來了。

美子　　如果能像您這樣該有多好！我最近也在學寫詩，可是再怎麼努力也寫不出來。

趙美惠　　我一開始也為了寫詩瞪大雙眼尋找靈感，但反倒更寫不出來。重要的是感覺，只要有感覺，就能寫出詩來。

美子　　我也有感覺……

趙美惠　　那就跟著感覺走，把所見所聞如實地記錄下來。我覺得這樣才是最誠實的。

美子　　嗯……

美子點了點頭。

46. 姜老人的家 白天／室內

姜老人坐在臥室，傾聽外面的聲音，玄關處傳來開門的聲響。稍後，美子開門走了進來，她走到臥室打了聲招呼。

美子　　您好。（拉開窗簾，打開窗戶。）今天怎麼沒那麼臭，您沒大便嗎？

美子打開窗戶轉過身時，姜老人把手裡攥著的東西遞向美子。

美子　這是什麼？

姜老人　藥，藥……幫，幫我，剝開……

美子　藥？什麼藥？怎麼突然吃藥啊？哪裡不舒服嗎？

姜老人　沒有不舒服。是……是保健藥。

美子　不是，怎麼突然吃保健藥……？

姜老人　（突然大吼。）怎麼那麼多廢話？讓，讓妳剝，妳就剝！

美子剝開鋁箔紙，然後把水一起遞給姜老人。美子默默看著姜老人把藥放進嘴裡，配水喝下。

47. 浴室 白天／室內

美子正在幫姜老人脫衣服，脫完上衣後，讓他坐進浴缸，然後脫下他的內褲。美子打開水龍頭，像往常一樣淋濕姜老人的身體，再用香皂清洗全身。洗好背部以後，美子的手經由前胸移到臀部。姜老人任由美子的手在自己身上擦來擦去，他的視線一直盯著美子的臉。在幫姜老人洗下半身的時候，美子像被什麼嚇到一樣，露出大吃一驚的表情。姜老人的身體出現了異常的反應，美子的視線移動到他的胯下，緊接著下意識地發出尖叫聲。美子猛地起身，想要逃走，但姜老人抓住她的手腕。美子試圖甩開他，但沒想到他的臂力那麼頑強。姜老人用歪斜的嘴吃力地說出一句話。

姜老人　　求，求……求妳了……

美子　　放開我……你要幹什麼？

美子再次用力，想要甩開姜老人的手，但姜老人沒有鬆手。

姜老人　　我，我死前，只想再做一次……我，我沒有別的心願……就一次，只想再做一次男人……

姜老人用十分猙獰的表情盯著美子，他的臉看起來既詭異又顯得很迫切。美子一時啞口無言，呆呆地望著姜老人。

美子　　放開我！你把我當什麼人了！

美子甩開姜老人的手走出浴室。她突然想起了什麼，回頭看向坐在浴缸裡的姜老人。

美子　　你剛才吃的什麼藥？啊？

美子快步走進臥室，找到藥的包裝紙後又走回浴室。

美子　　這，這是什麼藥？是那種藥吧？什麼威而鋼……

姜老人一聲不吭地看著美子。美子摘下掛在牆上的毛巾丟在姜老人身上，然後又把衣服丟了過去。

美子　　你自己擦乾淨，穿上衣服！現在沒有人幫你了。

姜老人半張著嘴，一臉猙獰的表情望著美子。他的表情顯得十分可憐。

48. 公車裡 白天 / 室內

車窗外可以看到漢江邊的首爾風景。車輛快速行駛在奧林匹克大路上，陽光反射的漢江江邊可以看到高層公寓。美子坐在車窗邊欣賞著那樣的風景，流露出懷舊的表情。

49. 醫院走廊 白天 / 室內

首爾一間綜合醫院的走廊。美子坐在神經內科前的椅子上，等待著護士呼叫自己。美子注視著眼前經過的人們。因為是大醫院，所以有很多患者。

護士2　　楊美子！

美子　　是！
護士2　　請到一號診療室。

美子站起身，走進診療室。

50. 診療室 白天 / 室內

美子走進診療室，笑著向坐在辦公桌前的、貌似四十多歲的女醫生打了聲招呼。

美子　　您好！
醫生2　　您好，請坐。

醫生瞥了一眼美子，視線又回到電腦螢幕上。美子坐在醫生面前的椅子上看著醫生。醫生注視螢幕期間，診療室裡安靜得連呼吸聲都可以聽得一清二楚。美子轉頭環顧了一圈。明媚的陽光照在窗邊，一束插花擺在那裡。美子不由自主地發出感嘆。

美子　　哇，是山茶花！

醫生抬頭看向美子，美子像是辯解地笑著說道。

美子　我很喜歡山茶花。冬之花，火紅的痛苦之花……

醫院2　山茶花代表痛苦嗎？

美子　嗯，紅色的代表痛苦，白色的代表純潔，黃色的代表榮耀……我最近為了寫詩，學習了一下。（邊說邊笑。）

醫生2　詩？您是詩人？

美子　不是……我就是想寫詩。

醫生2　您一個人來的嗎？沒有家人陪您來嗎？

美子　我自己來的……怎麼了？

醫生2　最好能有家人陪您一起聽一下……

美子　怎麼了？情況很糟糕嗎？

醫生2　檢查結果……您罹患了阿茲海默症，也就是我們常說的失智症。

美子　（呆呆地看著醫生，然後無可奈何地笑了笑。）不可能，我很健康的！

醫生2　現在是很健康，因為現在還處在初期階段，但病情已經發展了。雖然現在偶爾會想不起一些單詞，但漸漸地會失去更多的記憶。起初是想不起來一些名詞，接著會想不起來動詞。您知道動詞吧？

美子　嗯，動詞……當然知道了。（覺得可笑，笑了笑，但表情馬上就僵住了。）可是名詞最重要啊。

醫生2　是啊，名詞最重要。

美子脫口而出的一句話逗笑了醫生，美子也一起笑了。美子呆呆地看向窗邊的那束山茶花。醫生的視線也跟著看向那束花。

醫生2　　(笑著說。)那是假花。

嵌入。紅色的山茶花。

51. 醫院門前 白天 / 室外

醫院門前，從進出醫院的人之間走出來的美子，她一邊講電話，一邊走下臺階。

美子　　我在醫院。之前做的檢查……來取結果……嗯……沒事。讓我做運動，多做運動。醫生還叫我努力寫詩。

聲音(F)　　還有那樣的醫生？

手機裡傳出女兒的聲音，美子放聲大笑。但不知為何，她的笑聲聽起來有點不安。美子一邊講電話，一邊尋找著計程車。
一輛計程車停在美子面前，美子上了車。

美子　　去那裡，那裡……嗯……

司機透過後視鏡看著美子。

美子　東首爾……唉，叫什麼來著？（用笑容掩飾慌張。）是東首爾啊……

司機仍默默地看著美子。

美子　巴士，有很多市外巴士的地方……去地方的巴士……

司機　客運站？

美子　對，是客運站！（放聲笑了出來。）我總是這樣。

美子露出淡淡的微笑，但整張臉都僵住了。美子無聲地望著車窗外。

52. 市外巴士 白天／車內

市外巴士裡，美子望著車窗外的風景。大大的車窗上布滿了被晚霞染紅的天空，霞光隨著馳騁的車子流淌而去。美子茫然若失地望著晚霞，接著，她從包裡取出小本子和鉛筆，寫了幾個字。嵌入小本子。搖晃的車內，歪歪斜斜的一行字。

時間流逝，花也凋零了。

但字跡太歪斜潦草，幾乎看不出來寫的什麼。

53. KTV 白天 / 室內

某間KTV的門口，一名年輕的男店員正在掃地。時間還很早，感覺這間店還沒開始營業。歌聲從某個房間傳了出來。基範的父親走進店裡。

基範父親　在哪裡？
店員　五號房。
基範父親　五號房？

基範的父親經過走廊，漸漸接近五號房時，歌聲也越來越大了。

美子　*紅酒杯上的唇印，*
知道我在思念你嗎？
我現在想放開
那明知該放下
卻還緊握的眷戀。

鏡頭跟隨基範父親的視線，透過房門上的玻璃窗看到正對著畫面高歌的美子。稍後，基範父親開門走了進去，美子在唱歌，沒察覺到有人進來。五顏六色的光線在美子臉上閃來閃去，她一個人坐在那裡唱歌，肩膀隨著歡快的伴奏，猶如波浪般起起伏伏。從美子陶醉的表情和圓潤的歌喉可以看出，她是個才華洋溢的人。

美子　　*也許你現在忘了我的名字*
我討厭因為這樣的你
而魯莽舉起酒杯的自己
我要脫掉眷戀的外衣
喝下這杯忘情酒。

歌聲落下，基範的父親鼓起了掌。美子嚇得轉過頭來。

基範父親　哇喔！您可真不簡單啊！

美子　哎呀，好丟人。我等你……等得太無聊，就唱了首歌。

基範父親　依我看，您當年迷倒了不少男人吧。這歌聲可不是開玩笑的。

美子　說實話……我從前的確是萬人迷。

基範父親　話說回來，您找我什麼事啊？還特意跑這一趟？

美子　(突然變得垂頭喪氣。)那個……不為別的，不是得交五百萬元嗎？我要交的錢……那個，你能借給我嗎？我真沒有地方可以借錢了……

基範父親　(用遙控器關掉伴奏音樂。房間突然變得很安靜、很冷清。)天啊，這怎麼行，您可不能這樣啊。

美子　知道，我也知道……但我思前想後也找不到能借錢的地方……所以才來找你。我一定會還的，在這裡工作還錢也行，我什麼都能做。

基範父親　對不起，我也不富裕，沒有閒錢。再說了，這裡哪有老人能做的事啊。

美子　這可怎麼辦？(笑。)看來這是要我去搶銀行啊……

基範父親　把這事告訴鍾旭他媽吧。您怎麼不跟她說呢？您不是說妳們無話不談嗎？不是說妳們是永遠的朋友嗎？

54.教室 白天／室內

教室裡，黑板上寫著「我人生中最美好的瞬間」，學生們輪流講著自己的故事。一名貌似六十出頭的女學生正在講話。

學生4　我……我信天主教。我們教堂有點年頭了，但很美。春天……院子裡的樹上長滿了又細又尖的葉子，嫩嫩的……綠綠的，但那顏色太令人傷感了。因為太美，所以令人感傷。我會把掉落的葉子帶回家，感嘆怎麼會這麼美呢？……聽說這就是上了年紀的證據。雖然我也有傷心痛苦的時候，但還是覺得很幸福，很幸福。（笑了。）

CUT TO

看起來四十歲出頭、很健康、手臂粗壯的女人正在講話。

學生5　我現在，在談戀愛。但這份愛太美，太心痛了。為什麼心痛……因為這是實現不了的愛。那個人和我都有各自的家庭，我原本很討厭他，覺得他是位脾氣很壞的男人，但是去年上完夜班，一起下班的時候……不知道怎麼搞的……我們過了一晚。就那一次而已。但……我……再怎麼想忘記這件事，卻始終忘不掉，記憶反而越來越鮮明。我心想，眼不見心也會遠的……但還是忘不了他。我想他想得快瘋了，一個人又哭又笑……我快痛苦死了。但是……這種痛苦也很美好。（硬擠出微笑。）

CUT TO

美子走到前面，坐下來開始講話。可能是太陽西下的關係，教室裡顯得很暗。

美子　我想起了小時候的一個瞬間，那應該是我腦海中最初的記憶。當時太小，記不清是幾歲了。三歲……還是四歲？因為媽媽有病在身，所以姊姊一直照顧我。姊姊……比我大七歲。簷廊……掛著紅色的窗簾……（美子彷彿回到了從前，就像在描繪眼前的場景一樣。）窗簾拉開一條縫，陽光從那條縫照了進來……我能看到姊姊的半張臉……陰影遮住了她的另一半臉龐……她給我穿了件漂亮的衣服。（不知不覺，美子變得越來越激動。）美子啊！過來！快過來！姊姊邊拍手邊說……我搖搖晃晃地走過去……小時候，姊姊很寵我，她叫我過去的時候，我好開心……覺得好幸福……小時候的我很討人喜歡……美子啊！過來！快過來！美子啊……（抽泣。）

55. 馬路 白天／室外

一條幽靜的鄉間小路。一輛小巴從遠處駛來，停在公車站。美子下車後，站在原地往小巴消失的方向遙望了半天。跟隨美子的視線水平運鏡頭，一座混凝土的大橋映入眼簾。

56. 橋上 白天／室外

以某人的視線俯瞰橋下的風景，可以看到川流不息的江水、四周的群山和飛走的鳥兒。鏡頭慢慢移動靠近欄杆，美子的背影進入畫面。美子站在欄杆前，正茫然地俯瞰著橋下。聽到鳥叫聲，美子抬頭仰望了一下天空。頭髮隨風擺動，瞬間一股風掀開了她的帽子。美子發出短促的尖叫聲，與此同時伸手想抓住帽子，但帽子還是被風吹走了。美子的視線追隨著虛空中的那頂帽子。片刻之後，再次俯視橋下。

以美子的視線看向橋下的江面。最大限度的俯瞰。只見混凝土的橋墩之間，黑色的江水打著漩渦翻騰著。美子的帽子掉在那之上，隨江水漂走了。

57. 江邊 白天／室外

颳著大風的江邊，遠處可見那座橫跨江面的大橋。美子走在江邊的沙地上。樹木在風中搖曳，她的頭髮也被風吹得一直打在臉上。美子坐在岩石上，從包裡取出小本子，打算記錄下靈感。美子仰望虛空的表情是那麼迫切，但卻遲遲沒有下筆。

嵌入。突然一滴雨珠掉在紙上，隨即接連不斷的雨珠掉落下來，小本子很快就被雨水浸濕了。
雨珠滴落在江面，激起陣陣漣漪。

下著雨的江邊，淋雨坐在那裡的美子。她就像挨打一樣，任由雨珠落在自己身上。

58. 公車 白天 / 車內

行駛在雨中的鄉下小巴。視線從車裡看向外面，只見美子淋雨站在路邊。車停了。車門打開後，被雨淋濕的美子渾身顫抖地上了車。司機用詫異的眼神看著美子。
美子朝最後一排走去，身子一直抖個不停。

59. 超市 白天 / 室內

美子走進超市，衣服都被雨淋濕了。超市女人看到美子，大吃一驚。

超市女人　大嬸，您怎麼了？衣服都淋濕了……

美子　(伸出手。)請給我三樓的鑰匙。

超市女人　您打算繼續做嗎？唉呦，怎麼改變主意了？

美子沒做反應，只是默默地伸著手。超市女人尷尬地笑了笑。

超市女人　(遞上鑰匙。)我還以為您不做了呢。

美子接過鑰匙，朝門的方向走去，超市女人望著美子的背影。

60. 姜老人的家 白天 / 室內

雖然是白天，但姜老人家的客廳略顯陰暗、冷清。電視聲隱約地從關著門的臥室傳出來。美子開門走進，她來到臥室門前敲了敲門，接著打開房門走了進去。正在看電視的姜老人看到美子大吃一驚，美子一聲不吭地翻起了抽屜。

姜老人　找，找……找什麼？

美子沒有回應，很快在抽屜最裡面找到了藥。美子把水壺裡的水倒入杯中，連同剝開藥的鋁箔紙一起遞給姜老人。

美子　　吃吧。

姜老人　　……

姜老人默默地盯著美子的臉。

美子　　快點。

美子把藥送到姜老人的嘴邊，姜老人稍遲疑了會，便張開嘴巴吃了藥。美子又把杯子送到他嘴邊，讓他喝了一口水。姜老人喝完水，美子攙扶他站了起來。

61. 浴室 白天／室內

透過浴室開著的門，可以看到赤裸的姜老人坐在浴缸裡，仰望著美子。美子脫下淋濕的外衣，身穿襯衣裙關上了浴室的門。流水聲傳了出來。

面對面坐在浴缸裡的兩個人。以榻榻米視角放低鏡頭進行拍攝。美子一邊往姜老人的身上淋水，一邊用手慢慢地幫他洗身體。姜老人似乎無法相信眼前發生的一切，一聲不響地注視著美子。美子的手經由前胸、肩膀和手臂，漸漸移動到下面。兩個人始終互望著對方。姜老人歪斜的臉上仍掛著不可置信的表情，瞪大的雙眼注視著美子。美子的手沒有停下來，她的視線也沒有從姜老人的臉上移開。奇妙的呻吟聲從姜老人嘴裡竄出。雖然被浴缸遮擋住，但可以知道美子的手始終停在同一個位置，並且反覆做著同樣的動作。姜老人的嘴稍稍張開，兩個人仍互看著對方。片刻之後，美子以坐姿依次脫下襯衣裙、胸罩和內褲，然後丟到浴缸外面。美子將身子移向姜老人的身體，面對面跨坐在他的身上。兩個人仍互看著彼此，美子的身體開始緩緩地上下移動，姜老人坐在那裡，繼續目不轉睛地看著移動的美子。與其說兩個人是在做愛，不如說他們是在執行某種既單純又不摻雜任何情感的儀式。美子依然跨坐在姜老人身上，溫柔地移動身體。姜老人的眼角突然凝結了一絲水氣，沒想到一行淚就這樣流了下來。美子一邊無聲地移動身體，一邊伸出手幫姜老人拭去眼淚。

62. 公寓門前 白天／室外

面無表情的美子，沿著公寓前的坡路走來。
過了一會，一個看上去四十歲左右的男人，在看到美子快要走到公寓門口的時候，立刻笑臉相迎走了過去。

吳東珉	唉喲，您好！
美子	嗯……你好。

美子糊裡糊塗地也打了聲招呼。

吳東珉	您是朴鍾旭的外婆吧？
美子	我是……你是？
吳東珉	啊，我是京江日報的吳東珉記者。（遞上名片。）最近很辛苦吧？
美子	（接過名片。）不，……還好。
吳東珉	那個……我們坐一下吧？

吳東珉和藹可親地笑著，用手擦了擦平床上的灰。

美子	嗯？嗯……

美子坐在平床上，吳東珉坐在她旁邊。

吳東珉	您這一身打扮可真時尚啊。
美子	嗯？（笑了一下。）謝謝你這麼說。
吳東珉	跟受害者家屬順利和解了嗎？
美子	好像不是很順利。
吳東珉	為什麼啊？因為錢的問題，他們不願意和解嗎？
美子	這個嘛，我不太清楚……女孩的媽媽好像根本不想和解。
吳東珉	嗯……女孩的媽媽……（嚴肅地點了點頭。）通常

受害者不想和解多半都是因為錢，除了錢，沒有別的理由嗎？

美子　　我不清楚……

話說到一半，美子突然想起了什麼事。吳東珉盯著美子，美子一臉恐懼，嚇得站了起來。

吳東珉　　怎麼了？

美子　　不行。

吳東珉　　什麼不行？您怎麼了？（伸手去抓美子的手臂。）您坐啊。

美子甩開他的手，往後退了幾步。

吳東珉　　等一下，我就問幾個問題。您等一下！

美子　　不行！

吳東珉想靠近美子，美子感到更害怕了，她嚇得大叫一聲，轉身跑走。

吳東珉也嚇了一跳，朝美子走了幾步便停下來。美子拚命地跑著，但她沒有跑回自己家，而是朝馬路的方向跑了去。

美子一邊跑，一邊喘著粗氣回頭看，只見吳東珉站在原地遙望著自己。仍處在恐懼中的美子氣喘吁吁地加快腳步，同時取出手機給某人打電話。

63. 房屋仲介公司 白天 / 室內

順昌父親經營的房屋仲介兼民宿公司，辦公室比一般的房屋仲介稍微寬敞一些。美子一臉怯懦的表情坐在沙發上，基範和秉振的父親坐在對面。順昌父親坐在自己的辦公桌前。

順昌父親　也就是說……妳說我們得和女孩她媽和解，但她媽不同意？

美子點了點頭。

基範父親　瘋了吧？我們之前不是都說好了嗎？講話要小心謹慎！京江日報那個叫吳什麼的傢伙嗅到味道了，天天跑到學校和警察局，結果還是給他盯上了……

順昌父親　不是，也沒說什麼具體的內容……不過還是得趁早封住受害者家屬的嘴……唉，時間緊迫……(從座位上站起來，朝沙發走去。門開了，順昌父親制止了手拿文件正要進來的女職員。)啊，等一下再進來，我們正在談重要的事……

女職員　　啊，是……

女職員走後，順昌父親坐在沙發之間的小椅子上，看著美子。

順昌父親　您去見一下那孩子的媽媽，怎麼樣？

美子　　嗯？我嗎？（一臉驚訝地望著順昌父親。）

順昌父親　嗯，您去見一下死掉孩子的媽媽，去說服她。

美子　　天啊，我去見人家能說什麼？我這種人又不會講話。

順昌父親　妳們都是女人……就去求求情。比起我們這些大男人，您更好講話。

秉振父親　沒錯，真是一個好主意。和外孫相依為命的可憐老人去求情，女人之間也好講話……嗯？像這樣……再流兩行眼淚。

基範父親　您就答應了吧。馬上就去見她。我明天開車送您過去。

但美子只是看著他們，沒有輕易答應。

64. 田野 白天／室外

遠景。基範父親的車行駛在田間的路上，遠處可以看到小村子。

65. 村口 白天／室外

基範父親的車停在村口，鄉下破舊不堪的房屋映入眼簾。

基範父親　結束後給我打電話，我馬上過來。

美子　（下車。）我搭公車。那邊就有公車站，我自己能回去。

基範父親　總之，有需要就給我打電話。妳們好好聊，這件事可就靠您了。知道嗎？

美子　嗯。

基範父親為了沿原路返回，調轉了方向。美子朝村里走去，車子經過美子身邊時，停了下來。美子回頭，基範父親側身看了美子一眼，打開車窗說。

基範父親　您這一身也太顯眼了！跟這裡一點也不搭！

美子　那怎麼辦？（露出孩子般沮喪的表情。）那回去？換一件衣服再來……

基範父親　都來了，怎麼能就這麼回去！總之，您好好勸勸她，千萬別說什麼刺激她的話……好嗎？現在是什麼情況，您也清楚吧？

美子　……我會努力的。

66. 熙珍家 白天 / 室外

院子裡，一隻狗被拴在凌亂倉庫旁邊的狗窩，牠亂蹦亂跳地狂吠著，就像要掙脫鎖鏈一樣。美子的聲音傳了過來。

美子　　(O.S)打擾了！

沒有人回應，狗一直叫著。

美子　　(O.S)有人在嗎？

水平運鏡，轉向狗叫的方向。美子走進院子，站在原地望向熙珍家裡。房門開著，家裡似乎沒有人。

美子坐在空無一人的簷廊下。狗的興奮退去後，反而衝著美子搖起了尾巴。

美子　　(對狗說話。)這家人都去哪了？

美子看向掛在簷廊牆上的照片。
相框裡有很多張全家福照，其中也有熙珍的照片。美子脫下鞋，走上簷廊，走到相框前，仰頭望向那些照片。
嵌入。手持像是國小畢業證書的熙珍，旁邊還有在遊樂園笑著做出耶的手勢的照片，也有看起來表情憂鬱的照片。

美子仰望那些照片好一段時間。

聲音　(O.S)您找誰？

聽到有人講話，美子轉過頭。只見矮牆另一頭的鄰居女人正用懷疑的眼神看著美子。

美子　……這家人都出門了吧？我看大門開著就進來了，可誰也不在家。

鄰居女人　孩子媽去田裡幹活了。您從哪裡來啊？

美子　我就是……有點事想找她聊聊。

鄰居女人　太陽下山她才會回來……您不如去田裡找她吧？

美子　在哪裡啊？

鄰居女人指向村子的另一邊。

鄰居女人　往那邊走有一個溫室大棚，經過大棚可以看到一條小溪，她應該就在溪邊的田裡。

67. 田野 白天 / 室外

離村子很近的田野。攝影機在像是水坑的地方上抬鏡，透過長鏡頭可以看到從遠處走來的美子。

68. 田間小徑 白天 / 室外

美子朝熙珍母親幹活的地方走去。她漫步在田間幽靜的小徑，心情漸漸放鬆。美子仰頭看向發出啾啾叫聲的鳥兒。

美子　　　哎呦，好吵啊……

美子連連發出嘆息聲。她仰望天空，也看向四周的樹木，還摘了朵路邊的野花。秋日的陽光暖洋洋地照在身上，一陣風柔和地吹過頭髮，美子覺得好像馬上就能寫出一首詩來。
美子走到一棵樹下，突然停下腳步，只見地上掉了很多杏子。美子撿起一顆，看了看，然後咬了一口，隨即露出很好吃的表情。
美子拿出小本子，蹲在地上寫著什麼。

杏子奮不顧身掉在地上
被摔裂，被踩扁
只為來生

美子繼續往前走，看見一個女人正彎著腰在田裡幹活，於是朝女人走了過去。

69. 田地 白天 / 室外

看起來四十多歲的女人正在田裡幹活（熙珍母親），她的臉像農民一樣曬得黝黑。

美子 您好！

美子走上前打了聲招呼，女人直起腰回了一句。

熙珍母親 您好。
美子 天氣真好啊。
熙珍母親 是啊，老天幫了大忙。
美子 這地方真不錯，景色也好……真想生活在這種地方。
熙珍母親 住在這種地方……不容易。

女人笑著回道。她好像把美子當成了來鄉下散心的城裡人。美子把手裡的杏子拿給女人看。

美子 過來的途中，還撿到杏子，地上掉了一堆杏子。我咬了一口，很好吃。

熙珍母親　掉在地上的杏子才好吃，掛在樹上的都很澀，沒法吃。

美子　嗯，這話一點也不假。真好吃。（又咬了一口。）剛才看到地上的杏子，不禁覺得它們非常誠懇，自己掉下來摔裂，任人踐踏，這不是為了來生做準備嗎？（笑出聲來。）活了一輩子，我今天還是第一次了解杏子。

熙珍母親　（一臉莫名其妙的表情看著美子。）

美子　杏樹旁邊還有紫薇，別提它們掉在地上多美了。能走在這樣的地方真教人覺得是一種祝福。我非常喜歡花……光是看著花就覺得很幸福。只要看著花，就算不吃飯也覺得飽。

美子的話音剛落，女人便放聲大笑，她看著美子說。

熙珍母親　看來美人都愛花啊。

美子　呵呵呵，妳覺得我是美人？唉喲，謝謝啦，我只是愛打扮。（突然意識到一直在講自己的事情。）今年的收成好嗎？

熙珍母親　……馬馬虎虎。

美子　今年是豐年，得多賺點錢才行啊……是吧？

熙珍母親　收成好的時候，價格就低……收成不好也有不好的難……賺點錢不容易啊。

美子	也是……希望妳今年多賺點。那辛苦了！
熙珍母親	嗯，您慢走。

美子笑著和女人道別後便離開了，女人也彎下腰繼續忙活。笑容還停留在美子的臉上，但她沒走幾步便突然停了下來。美子漸漸流露出受到驚嚇和恐懼的表情，她這才想起她為何而來。美子回頭看了一眼，女人還在田裡，但她不敢再走回去了。美子覺得女人好像也在看自己，於是立刻轉頭離去。她的臉變得如石頭般僵硬。

70. 公車站 白天 / 室外

一臉失魂落魄的美子獨自坐在村口的公車站等車。公車從遠處駛來。稍後，公車停在公車站，車門開了，但美子仍一動不動地坐在原地。

71. 公車 白天 / 室內

坐在最後一排的美子正在和某人講電話，似乎是基範的父親。

美子　嗯……那個……沒見到人。家裡一個人也沒有，我等了半天就走了。對不起……嗯？來見人家，結果沒見到人就走了，當然不好意思了……

72. 咖啡廳 傍晚／室內

傍晚時分的咖啡廳正在舉辦詩朗誦會，一個看上去四十歲左右的男人站在台上朗誦著鄭浩承詩人的詩。

男會員1　*愛到死吧*
不然毘盧遮那佛何以點指盤坐
等到死吧
不然阿彌陀佛何以以頭為枕

特寫認真聽詩朗誦的人們的表情，也可以看到美子。鏡頭停在美子的臉上，詩朗誦的聲音傳來。

男會員1　*直到黎明破曉*
也未傳來早齋的鐘響
我一生坐在浮石寺的幢竿支柱前
也未能供養你一碗飯

淚中築起一座寺廟，眨眼便消失
虛空的浮石之上，建起一座寺廟

大家鼓掌。女主持人走上台接過麥克風。

主持人　愛到死吧。嗯，我也想愛到死，要真能那樣就好了。這真是一首讓人覺得像沖冷水澡一樣，一下子清醒過來的詩。接下來，有請朴尚泰先生朗誦安度昡詩人的詩。

朴尚泰拿起麥克風朗誦起詩，他與安度昡詩人的詩很不搭，但又很微妙地教人覺得很協調。

朴尚泰　問你！（他用十分嚴肅的語氣說完，笑著抬起頭。）這是詩的題目。

大家笑了。朴尚泰用嚴肅的聲音繼續朗誦。

朴尚泰　*不要隨意去踢燒盡的蜂窩煤*
試問，你可對誰熾熱過，哪怕只有一次？

朴尚泰抬起頭。

朴尚泰　結束了。真是一首簡短的好詩。

把麥克風交給主持人以前，朴尚泰又說了一句話。

朴尚泰　剛才主持人提到了洗澡，最近天氣熱，每天都要洗澡！我研究了一下洗澡。（大家笑了。）大家知道洗澡的五個步驟嗎？不知道吧？洗澡的五個步驟……第一個步驟，洗澡！第二個步驟，躺下！（大家笑出聲來。）第三個步驟……（用很隱密的聲音說話。）豎起來！然後……插入！（笑聲。女人們的笑聲特別大。）最後是……（故意停頓了一下，看了看大家。）感謝！

大家一邊笑一邊鼓掌，女人的笑聲特別響亮。

朴尚泰　謝謝大家。各位要想身體健康，就要刺激一下末梢神經。我已經出院上班了，各位要是有事來警察局，記得來找我。

朴尚泰說完走下台，接過麥克風的主持人笑著說道。

主持人　嗯，都說多笑有益健康，是身體的補藥，謝謝朴尚泰先生總是給我們送上一大碗補藥。

美子　（對坐在旁邊的趙美惠說。）那個人是警察嗎？

趙美惠　嗯，很幽默吧？

美子　這裡是愛詩的人的聚會，愛詩就等於是在尋找美好，可那個人天天講黃色笑話……感覺他在侮辱詩。

趙美惠　（笑了聲。）別看他這樣，人其實很單純的。聽說他之前在首爾的警察廳，是因為揭發警察貪污，所以才被貶職到鄉下的警察局。

美子　是嗎？還真看不出來。

美子新奇地看向朴尚泰。朴尚泰回到座位以後又開起了玩笑，逗得周圍的女人呵呵直笑。

73. 餐廳 傍晚 / 室內

詩朗誦會的會員分成兩三桌坐在餐廳的包廂裡。大家吃飽飯後，正在喝酒。美子坐在趙美惠和其他幾名女會員那一桌，鄰桌的幾個人被朴尚泰逗得哈哈大笑。趙美惠叫了幾聲朴尚泰。

趙美惠　朴先生！朴先生！（指著美子。）她覺得你侮辱了詩。

坐在美子周圍的女人都笑了，美子也跟著笑了。朴尚泰眨了眨帶有醉意的眼睛，盯著美子，然後站起身朝美子走了過來。

朴尚泰　這位時髦的大姊為何覺得我侮辱詩呢？

美子　朗誦詩不是愛詩嗎？

朴尚泰　所以呢？

美子　愛詩就等於是尋找真正美好的東西啊！

朴尚泰　美好的東西……這有點難吧……怪我學識太淺……那然後呢？

美子　但你卻在朗誦詩的聚會上總說一些淫詞穢語……

朴尚泰　（對美子說。）哎呦，大姊對不起了！侮辱了詩，都是我的錯，我會反省的。為了表示歉意……（往美子面前的杯裡倒酒。）我給您倒杯酒。

美子　我不會喝酒……

朴尚泰　那也喝一杯吧。不是說要想寫詩，要不喝酒，要不談戀愛嗎。

美子無奈之下拿起酒杯。美子喝下那杯酒的時候，詩朗誦會的會長和金龍卓詩人一起走進了包廂。金詩人身邊還跟了一位看起來四十歲出頭的年輕男人，他們似乎都帶著醉意。會長拍手，吸引大家注意，在座的人都看向他們。

會長　　請大家看過來！各位都知道金龍卓詩人吧？我看到他在隔壁喝酒，硬是把他請過來了。

大家鼓掌。

金詩人　　很高興見到大家。我不是被強行帶過來的，聽說愛詩的會員們在這裡，所以我主動過來跟大家打聲招呼。我今天和後輩來喝酒，這位是黃明承詩人。

大家再次鼓掌。但黃明承詩人沒有跟大家打招呼，他垂著頭，只稍稍抬了一下手。看來他已經喝醉了。

女會員2　　老師，請坐。坐下來喝一杯吧！

金詩人和會長一起坐在美子的對面，黃明承詩人也坐了下來。美子跟金詩人打了聲招呼。

美子　　老師，您好！

金詩人　　嗯？您也是這裡的會員？

美子　　不，我不是會員，我去參加詩朗誦會，然後就跟著一起過來了。

金詩人　　總之……在這個詩就快凋零死去的時代，能遇到像大家這樣愛詩的人，真是教人感激，幸福啊。

趙美惠 (難過的樣子。)老師，您怎麼能說詩要死了呢？

金詩人 不幸的是，詩就要死了……如今再也沒有人讀詩，也沒有人寫詩了……

黃明承 (喝醉了，垂著頭。)唉，像詩這種東西，死了也活該！

金詩人 (像辯解似的。)別看他這麼年輕，他可是很感性的，今年還入圍了素月詩文學賞。詩寫得相當特別，像是如同死後一個月的貓般的天藍色，這種詩句……(笑了聲。)

美子 老師，怎麼才能寫出詩來呢？

聽到美子突如其來的問題，金詩人一時不知所措地看著美子。其他人也看向美子，還有人發出無可奈何的笑聲。

金詩人 寫詩，很難吧……

金詩人給出了含糊其辭的回答，但美子的表情依然很懇切。

美子 太難了。無論我怎麼努力，也不知道該怎麼寫詩。怎麼樣才能寫出詩來呢？您在課上不是說每個人心裡都有詩嗎……要讓被關在心裡的詩插上翅膀飛翔……

呵呵的笑聲傳了出來，只見黃明承垂著頭在那裡笑個不停。他抬起頭，看向金詩人說道。

黃明承　　您還講過這種話？哇，了不起啊！

金詩人沒有回答，美子仍看著金詩人。這時，另一桌有人站了起來。大家鼓起了掌。一個頭髮花白，看起來六十歲出頭的男人向大家打招呼。

男會員2　　為了歡迎兩位詩人，我來獻唱一首。

男人做了一個深呼吸，然後用油膩的中低音唱起歌。他用德語演唱了一首舒伯特的〈菩提樹〉。雖然唱得並沒有特別好，但可以看出他很有歌唱的才華。所有人都在安靜地聽歌。

74. 餐廳的院子 傍晚／室外

昏暗的餐廳院子。朴尚泰走到院子來抽菸。他點上菸，一個人站在那裡抽著。他看到院子的另一頭有人，於是慢慢地朝那個人走過去。美子一個人蹲在院子的另一頭。

朴尚泰　　大姊，妳一個人在這裡做什麼呢？

美子沒有反應，低著頭，一動也不動，她好像在哭泣。朴尚泰彎下腰問道。

朴尚泰	妳沒事吧？
美子	……
朴尚泰	妳醉了？

美子仍不作答。朴尚泰再次彎下腰，他聽到微弱的抽泣聲。他無聲地注視了半天，才開口問道。

朴尚泰	大姊，妳哭什麼啊？出什麼事了？
美子	（仍不作答。再次傳出抽泣聲。）
朴尚泰	因為詩？因為詩寫不出來？
美子	……

美子哭泣著，朴尚泰尷尬地站在一旁看著她，稍後也蹲了下來。朴尚泰默默地等待美子的哭聲停止。

75. 美子的家 傍晚／室內

黑暗的公寓。美子開門走進，打開客廳的燈，把包放在餐桌上，在原地站了片刻。美子看向鍾旭的房間，孩子好像睡下了。美子打開鍾旭的房門，房間的燈已經關上，孩子熟睡著。

美子站在門口看了鍾旭好一會，然後又走回餐桌。

美子站在餐桌前翻了翻包，取出了什麼東西。她取出的是放有熙珍照片的塑膠相框。美子拿起相框看了看，然後將其立在餐桌上。

嵌入。放在相框裡的熙珍照片。

站在餐桌前凝視照片的美子。

76. 美子的家 早晨 / 室內

早晨。美子站在廚房準備早餐。鍾旭的房門開了，美子回頭看向走出來的孩子。

美子　星期天，太陽打西邊出來了？還以為你會睡一天呢……

鍾旭一聲不吭地坐在餐桌前。熙珍的照片立在餐桌上，美子默默觀察孩子的反應。

鍾旭的視線似乎看到了照片，也略感驚訝，但他很快移開了視線。鍾旭看向美子，美子也看向他，兩個人無聲地對視片刻。

鍾旭　給我飯，我餓了！

這分明不是美子預想的反應，但她沒有表露出來，而是沉默不語地把餐具擺放在孩子面前。

77. 美子的家 白天 / 室內

美子從客廳陽台的窗戶俯瞰樓下。
樓下傳來孩子們的笑聲。

78. 公寓門前 白天 / 室外

由美子的視線可以看到星期天上午公寓門前悠閒的空地。俯瞰。兩個十幾歲的女孩在搖呼拉圈，鍾旭在一旁看著她們。一個孩子不會玩，沒搖兩圈，呼拉圈就掉在地上了。鍾旭撿起掉在地上的呼拉圈，為她們做示範，他一邊有節奏地轉動腰部，一邊看著兩個女孩露出滑稽的笑容，女孩們也跟著笑了。

不停搖動身體的鍾旭，就像跳舞一樣有節奏地晃動腰部。
兩個女孩看著一臉陶醉的鍾旭。

79. 房屋仲介辦公室 白天／室內

美子開門走進來的時候，打了聲招呼。

美子　　您好。
基範父親　嗯？您來了？

美子看到坐在沙發上的基範父親，他們正在和坐在對面的一對男女聊天。

美子　　有客人在啊，那我下次……
基範父親　沒事，快請進！請進！您也認識這兩位的，快請坐。

基範的父親特意站起來，把美子領到沙發邊，讓她坐下。美子認出坐在對面的男人是上次碰到的吳東珉記者，坐在他旁邊的是熙珍的母親。美子嚇了一跳，顯得有些不知所措，但為時已晚。基範的父親向他們介紹了美子。

基範父親　大家打聲招呼吧，這位是朴鍾旭的外婆，這位是熙珍的母親。
美子　　……您好。

美子點頭問了聲好，她與熙珍的母親四目相對，熙珍的母親驚呆了，但美子沒有再說什麼。

基範父親　她就是鍾旭的外婆（看向美子。），上次專程去了一趟您家……她很心痛，覺得很抱歉，所以一個人去府上道歉……但沒見到人就回來了？

熙珍的母親一聲不吭地看著美子，一臉費解的表情，話到嘴邊又嚥了回去。尷尬的沉默在她們之間流淌片刻。

順昌父親　（對熙珍的母親說。）那個……熙珍的弟弟明年該上國中了吧？

熙珍母親　嗯。

順昌父親　也不知道那孩子功課好不好，得好好唸書才行啊……

熙珍母親　……馬馬虎虎吧。

順昌父親　嗯……他可得用功唸書才行……妳一個人顧孩子那麼辛苦……

美子突然站起來，朝門口走去。基範的父親驚訝地看向美子。

基範父親　您去哪啊？

美子沒有回答，打開辦公室的門走了出去。

80. 房屋仲介門口 白天 / 室外

美子走出房屋仲介辦公室，她為了趕快離開，正準備過馬路的時候，基範的父親追上來叫住了她。

基範父親　鍾旭外婆！

美子停下腳步，轉過頭，基範的父親朝她走來。

基範父親　您怎麼剛來就走？怎麼樣……錢準備好了嗎？
美子　其實……我來是想說，我沒借到錢，怕你們等我……
基範父親　這可怎麼辦啊？（不耐煩地提高了嗓門，隨即又壓低。）現在真的很急，多虧那個記者幫忙拉線搭橋……才好不容易把她請過來，已經和她談得差不多了……嗯？事到如今，妳說沒準備好錢，怎麼辦？（不耐煩地看著美子。）妳沒把這件事告訴女兒嗎？
美子　還沒說。
基範父親　為什麼不說呢？得告訴她啊。妳不明白現在是什麼情況嗎？

美子看向辦公室，透過玻璃窗，可以看到熙珍的母親正望著美子。大大的玻璃窗反射出極為日常的吵雜街景，一角的熙珍母親看上去就像打了馬賽克一樣。兩個人默默地注視著對方。

81. 馬路 白天 / 室外

與基範的父親分開後，美子違反交通規則橫穿馬路，看起來十分危險。汽車喇叭聲四起，但美子就像聽不見一樣。

82. 姜老人的家 白天 / 室內

姜老人家的客廳。今天是個特別的日子，全家人齊聚一堂，兩個兒子帶著老婆和孩子來到姜老人家，孩子正輪流去親坐在椅子上的姜老人。孩子們都很不情願地走到爺爺身邊，皺著眉頭親姜老人，然後立刻掉頭跑掉。大人們看著孩子的舉動覺得很有趣，放聲大笑。姜老人扭曲的臉上也浮現出歪著嘴的笑容。門鈴響了。兒子去應門，交談的聲音從門口傳來。不一會，美子和兒子一起走進客廳。

超市女人　(略顯驚訝的表情，站了起來。)咦，大嬸，您怎麼突然來了？

美子　我來得太突然了吧？

超市女人　嗯，有什麼事嗎？

美子　那個，我來是有點事想跟會長說。

美子看著姜老人，姜老人也看著美子，全家人一聲不吭地看著兩個人。片刻過後，姜老人拄著枴杖吃力地走回房間，美子跟在後面也走了進去。

83. 姜老人的房間 白天 / 室內

門開著，可以看到客廳的人們在聊天，幾個孩子吵吵鬧鬧的，還跑來跑去，進出爺爺的房間。
姜老人坐在自己的位置上看著美子。美子在小本子上寫下幾行字遞給姜老人。那是她記錄靈感的小本子。姜老人接過小本子一看。

嵌入。小本子上美子的字跡。

請給我五百萬元。
拜託了。
不要問理由。

姜老人抬頭看向美子。

美子　(低聲說。)雖然我想跟您借錢……但我不能，因為我沒有能力還。

姜老人　我……為……為什麼……

姜老人意識到自己不自覺地提高了嗓門，隨即拿起筆在美子的小本子上寫下幾個字。美子接過小本子。

嵌入。姜老人歪七扭八的字跡。

我為什麼要給妳錢？
連理由也沒有。

這時，超市女人端來一杯果汁放在美子的面前。美子趕快把小本子往旁邊一推。

超市女人　(笑著對美子說。)您找我爸說什麼事啊……看來是有什麼重要的事吧？

美子　(看著女人，笑著說。)不是什麼重要的事……(停頓。)我是來跟會長拿錢的。

超市女人　(笑。)拿錢？什麼錢？

美子像開玩笑似的笑著。女人一頭霧水，難以分辨她是不是在開玩笑。女人笑著看向姜老人。

超市女人 爸，您欠大嬸錢了？

姜老人沒有回答。美子笑著，沒再多說一句話。女人看了看兩個人，露出尷尬的笑容，走出了房間。姜老人又在小本子上寫下幾個字。美子拿起小本子。

嵌入。姜老人的字跡。

威脅我？

美子 隨便您怎麼想都好，我不會辯解的。

美子坦然地說道。從美子的表情根本看不出她在想什麼。姜老人無聲地瞪著美子，半邊臉抽搐得直抖。

84. 房屋仲介公司 白天／室內

順昌父親的辦公室，桌子上擺滿了中餐廳外送員送來的食物。基範的父親正在擺放餐具，順昌的父親正在一旁與某人講電話。

順昌父親　嗯，嗯……泰烈他爸馬上過來，秉振他爸有事，一個小時以後能趕過來。好，嗯，過來吧。

美子開門走進。兩個人看向美子，美子走到基範父親的面前，從包裡取出裝有現金的信封遞給他。

基範父親　啊，終於借到錢了？（接過信封。）

美子　（像是有話要講。）那，我先回去了。

基範父親　先坐嘛，幹嘛急著走啊？

美子難以推辭似的坐了下來。基範父親打開信封看了一眼，然後看著美子笑了笑。

基範父親　都是現金？您該不會真去搶銀行了吧？

美子　你們和熙珍媽談得順利嗎？

基範父親　嗯，很順利。只要給她三千萬元精神慰撫金，這件事就算徹底解決。您也把錢送來了，這就大功告成了！（笑。）事情都搞定了，所以我們現在打算簡單地喝一杯……這段時間，大家都挺勞心傷神的……

美子　這件事就這麼結束了？……徹底結束了？

順昌父親　也不能說徹底結束。如果受害者是成年人，只要和解就完事了。但未成年人的話，要是有人向警察揭發，就要立案調查。不過，我們已經和學校溝通好了，媒體的嘴巴也都封住了，況且也和受害者家屬和解了。您就放心吧。您還沒吃飯吧，跟我們一起吃點吧？

美子　　我還有事。（從座位上站了起來。）

85. 街道 白天 / 室外

從房屋仲介出來的美子走在街頭。鏡頭跟隨美子。街上可以看到很多青少年。美子在遊藝場門口停了下來，她用手遮陽，看向室內，然後開門走了進去。

86. 遊藝場 白天 / 室內

遊藝場裡亂糟糟的，正在玩遊戲的孩子隨處可見。室內充斥著遊戲機的聲響。鏡頭跟隨往裡走的美子，只見位於角落處的遊戲機前，鍾旭和朋友們正在笑嘻嘻地玩遊戲。鍾旭回頭，美子沒講一句話，只抓住他的手臂開始往外拉。

鍾旭　　幹嘛？

美子　　出來！

鍾旭　　　啊，幹嘛？

美子一聲不吭地拉著鍾旭的手臂。起初還堅持不肯走的鍾旭似乎感受到了外婆不尋常的氣勢，最後只好乖乖地跟著走。其他幾個孩子笑瞇瞇地看著他們，還有人對著他們的背影說了一聲「再見」。

87. 披薩店 白天 / 室內

規模不大的披薩店裡，店員把披薩放在美子和鍾旭面前的桌上。

店員　　　請慢用。

鍾旭拿起一塊披薩吃了起來。美子只是靜靜地坐在那裡看著孩子吃。

美子　　　好吃嗎？
鍾旭　　　……
美子　　　好吃嗎？
鍾旭　　　（點了點頭，一聲不吭地吃著。）
美子　　　今天回家洗個澡。
鍾旭　　　為什麼？

美子　　不為什麼……洗洗澡，把手指甲和腳趾甲也剪一剪……頭髮剛理沒多久……要端莊一些，明天你媽來……

鍾旭　　我媽來幹嘛？

美子　　我讓她來的……你不也很久沒見她了嗎？

鍾旭沒再多講一句話，默默地吃著披薩。

88. 美子的家 傍晚／室內

從客廳的窗戶可以看到外面的天黑了。鍾旭剛洗完澡，美子正在幫他剪腳趾甲。

美子　　你瞧瞧，這裡還是很髒啊，你不捨得洗掉是吧？嗯？

鍾旭　　（沒反應。）

美子　　洗澡的時候腳跟，這裡，這裡要用力搓。拿著搓澡巾只是做樣子嗎？因為顏色好看才拿在手裡啊？

鍾旭　　……

美子　　你總是這樣，洗個澡也不認真。洗臉的時候也馬馬虎虎，跟小貓洗臉一樣……耳朵、脖子後面……每個地方都要洗到……人得乾乾淨淨的……身體乾淨，心靈才能乾淨。

美子嘮叨的這些話聽得耳朵都要長繭了。她一邊嘮叨，一邊認真地幫外孫剪腳趾甲。鍾旭把腳伸給美子，安靜地坐在那裡。片刻之後，只能聽到剪腳趾甲的聲響。

89. 公寓前的空地 傍晚 / 室外

路燈亮著，所以不是很暗。正在打羽球的美子和鍾旭。空地一側有一群玩耍的孩子，穿著睡衣的老人們則坐在花壇旁邊的長椅上。這是一個安寧的夜晚。

羽球在黑暗的虛空中畫著拋物線。每揮一下球拍，美子都會連連發出如同孩子般興奮的呼吸聲，以及像是慘叫般的呻吟聲。鍾旭無精打采地接著美子傳來的球，但他也算打得很認真了。兩個人打球的時候，只見一輛車從馬路盡頭駛來。車子停在公寓入口處後，兩個男人下了車。他們漸漸走近，可以看出其中一個人是朴尚泰，他旁邊是一個年輕人(金刑警)。兩個人停下腳步看著美子和鍾旭打羽球。

朴尚泰　　(像是在為美子加油，用調皮的口氣說。)好球！打得好！打得好！

雖然美子看到了朴尚泰，但卻假裝不認識他。兩個男人就像社區居民一樣，十分自然地看著美子和鍾旭。鍾旭發的球越過美子頭頂掛在樹梢上，美子一臉為難的表情仰頭看向樹梢。

白色的羽球掛在樹梢。鏡頭從樹上俯瞰。美子仰著頭，試著用球拍觸碰樹枝。鍾旭望著外婆的背影，走過去。就在這時，兩個男人叫住了鍾旭，鍾旭調轉方向朝他們走了過去。兩個男人和鍾旭交談的時候，美子還在用球拍捅樹枝，樹枝晃動幾下，羽球就要掉下來了。過了一會，羽球終於掉落。美子撿起羽球。

美子撿起球後轉過身，朴尚泰代替鍾旭拿著球拍站在那裡。

朴尚泰	大姊！我教妳一招吧？（笑著，並調皮地揮了一下球拍。年輕的金刑警從他身邊經過時說了一句話。）
金刑警	朴刑警，你這架勢也不行啊。
朴尚泰	這架勢怎麼了？足夠帥氣了！（笑著對美子喊道。）來，大姊！接球！

金刑警帶著鍾旭朝車子的方向走去，兩個人從美子身旁經過，美子和鍾旭四目相視，但誰也沒有開口講話。這次換美子發

球，朴尚泰一邊發出聲音，一邊揮動球拍，美子把球又打了回去。白色的羽球在黑暗的虛空中來來回回，兩個人竟然打得很合拍。每次揮球拍的時候，朴尚泰都會發出很誇張的聲音。

朴尚泰　　好球！打得好！大姊，太帥了！

但這次美子沒有接住朴尚泰發的球，她轉身撿起掉在地上的羽球，立足凝視和金刑警一起上車的鍾旭。車燈亮了，不一會，車子開走了，美子站在原地直到車子駛過公寓後方消失不見。片刻之後，美子才轉過身來。朴尚泰招手示意美子發球，美子揮了下球拍。

不知為何，朴尚泰變得安靜了。兩個人在沉默中打著羽球，白色的羽球在黑暗中無聲地畫著拋物線。

90. 美子的家 傍晚／室內

美子家的客廳。美子背對鏡頭，坐在餐桌前認真地寫著什麼，燈光照著她的正面。

91. 教室 白天 / 室內

嵌入。桌子上的一束花。明媚的陽光從窗戶照進文化院的教室。今天是最後一堂課。課前，女學生聚在一起，有說有笑地聊著天，金詩人走進教室，女學生嘻嘻哈哈地笑著走回自己的座位。金詩人看到放在桌子上的花。

金詩人　　最後一堂課，大家還送了一束花。謝謝大家，我很感動。

金詩人流露出十分感動的表情。有人猶豫了一下說道。

學生3　　其實……那不是我們送的。楊美子放下花就走了。

金詩人　　楊美子？

金詩人又看到桌子上放著一張紙，他拿起那張紙。

金詩人　　她還寫了詩？但她人去哪裡了？

沒有人回答。

金詩人　　其他同學有寫詩嗎？我們不是說好最後一堂課要寫一首詩嗎？誰寫了？

金詩人看向在座的人，但沒有一個人舉手。

金詩人　　沒有人寫嗎？

金詩人又問了一次，在座的人尷尬地笑了笑。

金詩人　　看來只有楊美子一個人寫了詩。

學生4　　太難了。

金詩人　　不，寫詩並不難，難的是擁有寫詩的心。寫詩的心！（欲言又止，看向大家，然後拿起美子的那張紙。）總之，雖然楊美子不在，但我們來看看她寫了什麼詩吧。我替她朗誦一下這首詩，題目是「聖雅妮之歌」。

大家把目光集中在開始朗誦的金詩人身上。

金詩人　　聖雅妮之歌。楊美子。

92. 美子的家 白天 / 室內

美子家。微弱的陽光從洗碗槽上方的小窗戶照進，屋子裡空無一人。玄關傳來開門聲，美子的女兒（金水玉）開門走了進來。

她看上去四十歲左右。水玉一邊脫鞋，一邊叫了聲美子。

水玉　　媽！

沒有人回應。水玉打開臥室和鍾旭的房門，但也沒看到人。水玉坐在餐桌前，拿出手機給美子打電話，電話雖然打通了，但似乎沒有人接聽。水玉呆呆地坐在那裡，她的表情渲染出美子不在家的空虛感。楊美子朗誦詩的聲音響起。

美子　　(O.S)*那裡怎麼樣？*
很是寂寞嗎？

93. 公寓前 白天 / 室外

以某人的視線看向大樹，隨風搖擺的樹葉。攝影機下抬鏡，是美子曾經為了尋找靈感仰望大樹的地方。「第20場次」中的老奶奶坐在美子坐過的地方仰望大樹，美子和鍾旭打羽球的空地上，一群孩子在玩呼拉圈。美子的聲音傳來。

美子　　(O.S)*夜幕降臨時*
依舊可以看到晚霞
聽到飛入林中鳥兒的歌聲嗎？

你會收到我未曾寄出的信嗎？
沒能道出口的表白也能傳達到嗎？
時光流逝，玫瑰也凋零了吧？

94. 公車站 白天 / 室外

公寓前的公車站。美子經常搭公車的地方。雖然風景與往常一樣，但今天卻沒有人在等車。一輛公車駛來，停車後也沒有任何人下車。公車開走了。

美子　　(O.S) *現在是道別的時候了*
如同稍作停留的風與影

95. 學校 白天 / 室外

鍾旭的學校。一個上學遲到的少女橫穿操場朝教室跑去。

美子　　(O.S) *從未許下的諾言*
藏於心底的愛戀

操場另一頭的教學樓裡傳出孩子們的笑聲。美子的聲音轉換成了少女的聲音。

熙珍　　(O.S)*輕吻我悲傷腳踝的草葉*

96. 學校走廊 白天 / 室內

上課時間，走廊裡空無一人，但可以聽到老師講課的聲音和孩子們的大笑聲。鏡頭以某人的視線靠近教室窗戶，越過玻璃窗看向教室。孩子們大聲跟隨老師朗讀。少女的聲音沒有停止。

熙珍　　(O.S)*隨我而來的小腳印*
是時候與一切道別了

97. 熙珍的家 白天 / 室外

熙珍家的院子。一隻狗盯著某處搖晃著尾巴。隨著鏡頭漸漸靠近，狗更加興奮地搖起尾巴，還亂蹦亂跳了起來。

熙珍　　(O.S)*黑暗降臨時，燭光還會亮起嗎？*
我祈禱
願再沒有人哭泣

98. 村口 白天 / 室外

熙珍家的村口。黃金色的晚霞映在公車的車窗上，透過窗戶可以看到像是在與公車賽跑的孩子。那是熙珍的弟弟。他氣喘吁吁、全力以赴地追趕著公車。當跑到拐進自己家小巷的路口時，孩子舉起雙手高興地呼喊。

熙珍 (O.S)*願你明白我的一片癡心*

公車站。兩三名女學生正在等公車。公車駛來，學生上車後，公車又出發了。公車漸漸消失在傍晚的夕陽裡。

熙珍 (O.S)*仲夏漫長的等待*
好似父親臉龐般昔日的小巷
就連害羞到轉身而開的孤獨野花
也知道我有多愛你

99. 公寓前 傍晚 / 室外

遠景。傍晚昏暗的美子家公寓前的空地。遠處傳來孩子們玩耍嬉戲的聲音，還可以看到下班回家的人們。

熙珍　　(O.S) *你那低吟的歌聲如此撥動我心*

100. 橋上 白天 / 室外

新建的混擬土高架橋。鏡頭以某人的視線漸漸靠近大橋欄杆。稍後，一個十四、五歲的少女背影進入畫面。鏡頭跟隨少女的背影。

熙珍　　(O.S) *我祝福你*
在越過漆黑的江水前
用盡我靈魂的最後一口氣
我開始做夢
在一個陽光明媚的清晨
再次醒來
睜開惺忪的睡眼
與佇立於床邊的你重逢

整首詩在少女抓著欄杆看向橋下的背影結束。

以少女的視線看向橋下漆黑的江水。俯瞰。
俯瞰橋下的少女背影。突然少女轉過頭來，她是熙珍。鏡頭拍攝熙珍的正面，臉部特寫。

101. 江邊 白天 / 室外

江邊的風景。與「第1場次」相同的地點。遠處可以看到高架橋。陽光照射在川流不息的江面上，閃閃發光。可以聽到流水聲、鳥鳴聲和風聲等大自然的聲音。

畫面充斥著川流不息的江水。慢慢F.O。
黑暗中可以聽到流水聲，流水聲漸漸變弱，最後一片寂靜。

電影評論家李東振 × 導演李滄東對談

—

「詩」抵達的高度，關於那份美好

- 此次對談由電影評論家李東振進行。李東振先生著有《奉俊昊，上層與下層的背後》、《電影要看兩次才算開始》、《李東振的迴力鏢訪談：那部電影的瞬間》、《李東振的迴力鏢訪談：那部電影的祕密》等。李東振透過電視對談與筆訪，為觀眾講解了更有深度及細膩的電影故事。目前同時經營著Naver部落格和YouTube「李東振的Piarchia」。
- 此次對談分為兩期刊登於二〇一五年五月「李東振的電影風景」中。本書收錄的內容經訪者進行了部分修改。
-

電影《生命之詩》在二〇一〇年五月二十三日閉幕的第六十三屆坎城電影節上獲得了最佳劇本獎。這是一部不斷引人思考的電影，也是一部走出電影院後，會帶著那份淒涼的感動垂著頭，邁著沉重的腳步走回家，但過了幾天以後，卻又忍不住與他人交流感受的作品。

在前往坎城前，我見到了李滄東導演。透過長達五個小時的訪談，不僅讓人感受到了《生命之詩》是一部多麼優秀且具有深度的作品，同時也看到了拍攝這部電影的導演，他對電影這一媒介的認知是多麼透徹，以及身為導演的他對自己有多嚴格。李滄東導演的作品蘊含著他不斷犧牲自我來換取的電影煉金術的代價，以及藝術家艱難地向世界提出如同黎明般的人生疑問。

李東振 《生命之詩》是繼《密陽》之後，第二部入圍坎城電影節主單元的作品，您是以怎樣的心態來看待坎城電影節的呢？

李滄東 信不信由你，但我是真的很討厭參加電影節。這成了不是煩惱的煩惱。很奇怪的是，這次就像被逼上梁山一樣，不禁讓我產生了自愧感，感覺不去坎城，就沒辦法好好宣傳電影似的。我無能為力。雖然沒有這種意圖，但上映時間也恰巧定在五月。

李東振 榮獲坎城電影節最佳女演員獎的《密陽》，在國內上映時，獎項的確發揮了不小的作用。

李滄東 沒錯。像《下女》、《駭人怪物》和《神偷・獵人・斷指客》等的作品可以輕鬆地去參加電影節，但對我們來說卻完全不是那麼一回事。感覺參加電影節這件事正朝著心不甘情不願的方向發展，我也不喜歡這樣。說實話，看到《生命之詩》預告片裡，那些為了讓人們聯想到坎城電影節而煞費苦心想出來的宣傳語，我都覺得很難為情。但我們除此以外別無他法，只能努力利用電影節來宣傳了。

李東振 《生命之詩》有兩個主題，一個是關於與外孫艱苦生活、想寫詩的老奶奶，另一個是關於遭受同校男生性暴力後自殺的女孩。但電影《生命之詩》是從第二個主題出發的吧？

李滄東 是的。在準備《密陽》的時候，我看到了新聞。當時我苦惱很久，覺得在發生這種事件的地方拍電影是在迴避眼下的現實。當然，韓國隨處可見這種性質的事件，不是只有密陽這一個地方。但在實際發生犯罪的現實狀況下，要轉移視線去拍略顯超然的故事，我無法說服自己，所以也考慮過，不如乾脆放棄《密陽》。其實，因為這件事我休息了一段時間。《密陽》

這部電影提出的一個重要疑問正是關於日常生活，現實的日常生活。我真的苦惱了很久，但最後還是決定按原計畫進行。雖然不知道這是不是出於不必要的責任感，但之後我一直茫然地覺得總有一天會拍這個故事，感覺那起事件一直刺激著我。

李東振　事件的哪一個層面刺激到您了呢？

李滄東　如果一定要說的話，應該是道德性吧。發生這種事的時候，我們比起大肆討論應該如何解決之後的問題，感覺都把這件事當成了非常私人的、例外的一件事。但事實上，這件事與整個社會的道德性有關。我好像有那種本能的感覺。

李東振　這種問題意識，是怎麼與學寫詩的老年女性結合在一起的呢？

李滄東　起初我對於應該怎麼處理這起事件也沒有頭緒。雖然想到了幾個熟悉的故事架構，但我不想那樣做。後來我去日本京都的時候，深夜在飯店房間看電視。電視一直播放著自然風景和冥想音樂。那個頻道可能是為失眠的遊客而設的吧。我看著畫面，無意間想到了「詩」這個標題，隨即腦海中浮現出了六十幾歲的女主角。獨自撫養孩子，初次學寫詩的女性。那一瞬間，我覺得「啊，這樣就可以了」，然後把人物與事件結合起來。「詩」就是這樣開始的。

李東振 電影中的主角是一位已過花甲之年的女性，而且我發現在《生命之詩》中，無論是主角還是配角都沒有二十歲左右的人。幾乎沒有這樣的韓國電影吧？（笑）

李滄東 聽你這麼一說，還真是這樣。我也不知道自己是怎麼想的，甚至連三十幾歲的人也沒有。那麼多的詩朗誦會的會員裡竟然也沒有。真是的。（笑）

李東振 與《密陽》不同的是，《生命之詩》蘊含了對下一代的擔憂與責任感。關於這一點，我覺得很有趣的是，電影中的「下一代」不是緊接在自己後面的子女，而是越過子女的孫輩。《生命之詩》這個故事，為什麼選擇了這樣的設定呢？

李滄東 在思考我留下了什麼的時候，對孫輩比對子女的感覺更為強烈。父母與子女之間，其實存在著很複雜的愛憎情感，但孫輩確實會有一種是我的根的感覺。雖然我現在還沒有孫子、孫女，但在某個瞬間也會思考「我留下了什麼呢？」我留下的該不會是怪物吧？我們都有因為無法理解新一代的年輕人而驚慌失措的體驗，雖然他們源於我們，但還是會對他們要怎麼生活下去感到很困惑。

李東振 在《生命之詩》中，這種困惑原封不動地烙印在美子(尹靜姬)心中。如果這部電影要描述美子如何理解外孫的話，就要解釋做出那種事的孩子的想法和心態，但您把這些都略掉了。

李滄東 雖然外孫鍾旭是犯下罪行的少年，但我覺得最好不要對這個角色做出什麼特別的設定。我不想解釋因為生長在不健全的家庭，所以孩子會怎樣，又或者追述孩子平時有什麼特別的取向。我希望呈現的是，鍾旭是一個非常平凡的孩子，平凡到很難去定義他，把他看成是很難理解的新世代就可以了。這部電影講的不是在特別背景下的特別人物的故事。事實上，我們無從得知鍾旭對自己犯下的罪行是否感到內疚。面對十幾歲的孩子，我們真的不知道他們在想什麼。

李東振 您做過教師，不是也教過學生嗎？

李滄東 嗯，是啊，但真的很難了解那些孩子。我覺得這可能與他們內心空虛有關吧。我們應該把孩子看成是空的容器。但儘管如此，美子還是覺得自己應該對此事負責。鍾旭是未成年的孩子，所以包括父母在內的監護人自然應該承擔責任。

李東振　尹靜姬老師自《厚顏無恥的人》(만무방，1994)之後，幾十年間沒有出演過作品了，您在選角的時候是怎麼想到她的？

李滄東　我從一開始就想到應該由尹靜姬老師來演美子了。

李東振　電影中，尹靜姬老師飾演的角色叫楊美子，而她本名剛好就叫「孫美子」。您是先想到美子這個名字以後，才想到本名是孫美子的尹靜姬老師嗎？還是為了邀請尹靜姬老師出演這個角色，所以給人物取了美子這個名字呢？

李滄東　即使尹靜姬的本名不是美子，主角也會取美子這個名字的，因為我想不到更適合的名字了。非常巧合的是，尹靜姬的本名也是「美子」，真不知道這是偶然的巧合，還是必然的命中注定。我之前的處女作小說中有個登場人物也叫美子。我很喜歡這個名字，雖然有點俗氣，但還是覺得很美。

李東振　《密陽》的女主角名字是「信愛」，名字裡隱藏著「信任」與「愛」的意思。這次您也在「美子」這個名字裡隱藏了「美好」的意思吧？《生命之詩》可以說是一部在我們難以完美的人生中，詢問何謂追求美好的意義的電影。

李滄東　是啊。（笑）

李東振　在《生命之詩》中，美子有很離譜的一面，這與她出現初期阿茲海默症有關，但這個角色本身很像少女。您覺得美子這個角色的核心是什麼呢？

李滄東　這樣講可能沒什麼新鮮感，但我覺得是單純。少女的感覺本身就來自這種單純。講的好聽一點是單純，講的不好聽也可以看成是一把年紀的老人對現實沒有認知，還不夠社會化。

李東振　在這部電影裡，尹靜姬給人的感覺真的很像美子。獨特的發聲和講話的方式，甚至連表情都讓人覺得她就是美子。當然，這是因為演員的演技很好，但我感覺演員和角色的關係也反映在這個人物身上了。

李滄東　我對角色並沒有什麼標準。演員在電影裡飾演特定的人物時，就等於是那個人物了，所以我不會誘導演員成為我腦海中想像的那個人物。雖然劇本是我寫的，但我也不會那樣做。我在現場看到尹靜姬呈現出來的美子，才感受到那個人物。有時候甚至還會覺得「啊，原來美子應該是那樣的人啊。」(笑)

李東振 在拍攝現場面對演員尹靜姬時，您有何感想呢？

李滄東 她身為演員的態度非常好。在開始拍攝前，我比較擔心的是，她過去已經拍過數百部作品。令人難以置信，但她已經拍了那麼多部電影，感覺過去的經歷會讓她定型。從這一點來看，我覺得我們應該會在某些地方有衝突。畢竟，我和她經歷了不同的歲月。但她作為演員非常地開放，對於放下過去收穫的、內心蘊含的東西，絲毫沒有抵抗。這一點令我十分驚訝，連年輕的演員也很難做到這一點。

李東振 這次在拍攝現場和演員們相處得怎麼樣？您的現場可是出了名的不容易。

李滄東 氣氛比之前好了很多，為了陽光一些，我也做了很多的努力。

李東振 看來這次您沒有自虐。(笑)

李滄東 我都躲在別人看不到的地方自虐。(笑)為了不讓大家看出來，我可沒少努力。

李東振 為什麼這次《生命之詩》改變了？

李滄東 感覺不能讓尹靜姬老師看到我之前在現場和年輕演員拍戲時那種自虐的樣子，而且尹靜姬本人非常開朗。應該說，她的那種開朗傳染了我。沒有必要為了保持均衡，讓人家接受我的陰暗啊。

李東振 與您之前的作品相比，《生命之詩》感覺是一部相當平靜的電影。不過開場卻非常強烈：陽光普照的江面上漂來一具少女的屍體，然後畫面出現電影的標題。這種打破平靜的開場似乎蘊含了這部電影提出的問題：「在這個無法美好的世界，尋找美好的詩究竟是什麼？」開場感覺就提出了這樣的問題。

李滄東 當我們在裡頭問及何謂詩的時候，其實等於是在生活不盡人意的時候，提出這樣的問題。也就是說，在問題中附加了這樣的條件。人們通常認為詩是在歌頌美好，但人生並不美好，所以才讓詩有了意義不是嗎？無論是在我們的人生，還是在人生與詩的關係中，看似風平浪靜的日常中也會發生什麼事情。我們會覺得很多事情都與自己無關，但其實並不是這樣。

李東振 《生命之詩》一開始，在醫院裡，讓美子看到電視新聞裡因喪子而失聲痛哭的巴勒斯坦母親，正是出於這種原因？

李滄東 沒錯。在日常生活中，我們看到那樣的新聞都會覺得與自己無關。隨後的那場戲中，美子走出醫院看到喪女的女人精神恍惚地呼喊時，雖然會覺得她很可憐，但同時也認為這不關自己的事。事實上，她們之間存在著一條無形的線連接著彼此，這是女人和美子決定性的關係。我並不想向觀眾積極地主張什麼觀點，但仔細想一想，就會知道這條線也連接著那個巴勒斯坦母親。

李東振 與您之前的作品的主角相比，美子是一個很不同的角色。怎麼說呢，感覺她一直在遠離與自己有關的事情。跟那些家長見面的時候也總是晚到，中途離場，到了後面乾脆試圖迴避。這不禁讓人覺得美子也是在迴避罹患阿茲海默症的痛苦人生。

李滄東 你這席話似乎與我希望透過電影提出的問題有關。無論是關於詩的意義，還是關於日常和道德性，美子現在正處在那樣的立場。或許可以說這件事與美子沒有直接的關聯，但她始終置身於無法否定的關係之中。站在那樣的立場，選擇是受限的，但她還是有選擇的餘地。只是說她很難做出選擇罷了。身處這種立場的美子，外婆的角色是受限的，而且也很難走入事件的中心，但到了後半部，她還是做出了決定性的行動，雖然電影裡沒有直接表達出來。

李東振　關於在失去美好的人生中尋找美好的努力，讓我想起了《薄荷糖》中的一場戲。電影裡，歲月流逝，金永浩(薛耿求飾)在餐廳偶然遇到了當年自己拷問的大學生。他問了一句之前在那個大學生日記裡看到的問題「你真的認為人生美好嗎？」從這個角度來看，《生命之詩》和《薄荷糖》提出的問題似乎連接了兩部作品。

李滄東　也可以這樣看。我不是想說人生其實很齷齪、醜陋。我覺得人生雖然很美好，但常常也會很醜陋。想尋找美好，其實很難。不過就像前面提到的，所謂的美好，似乎是在不美好的時候才有意義。因為人生不美好，所以我們才會提問和尋找美好。況且詩也不是邊飲酒，邊賞花、賞月才能吟誦的。

李東振　美子第一次獲得靈感是在賞花的時候，然後是在聆聽鳥鳴，她還注意到了掉在地上的杏子的痛苦，最後寫了一首關於跳江女孩的絕望之詩。一開始美子仰望的是花、鳥兒，後來俯看杏子和江水才寫出了詩。

李滄東　是的，就是這樣一步步學會寫詩的。雖然是一步步前進，但卻越來越混亂，越來越透不過氣。美好是很難發現的，眼前的美好也不一定就是美好。如果是寫過詩的人，肯定也會有與美子相似的經歷。

李東振　電影也是嗎？

李滄東　電影也一樣。明明很想拍電影，但很多時候連拍什麼都不知道。

李東振　那電影也像詩一樣越來越混亂，越來越令人透不過氣？

李滄東　是的。如果明確以娛樂為目的拍電影的話，或許會好一些，但想要溝通或是表達什麼的話，只會越來越難。

李東振　在您至今為止發表的作品中，《生命之詩》算是相對來說，拍得比較順利的電影嗎？

李滄東　不是，這部電影拍得非常辛苦。

李東振　那相對來說哪部電影拍得比較順利呢？

李滄東　我的電影，沒有一部拍得順利的。

李東振　這麼說，您一直都處在最糟糕的狀態？

李滄東　可以這麼說。最糟糕的狀態過去以後，感覺還會有下一個最糟糕的狀態。我現在有時候會覺得真的沒辦法再拍電影了。拍《生命之詩》的時候，我也會跟演員和劇組人員這麼說。

李東振　聽您這麼說，大家都做何反應？是覺得「導演又開始了」，還是「真的要出大事了」？(笑)

李滄東　各佔一半吧。(沉思片刻)現在想想，覺得出大事的人好像還不到一半。(笑)問題不在別人，而是在我自己身上。拍電影真的太苦了。看來我好像不太能承受壓力。

李東振　在《生命之詩》裡，美子開玩笑說自己有詩人的氣質，那您覺得自己有導演的氣質嗎？

李滄東　沒有。所以我才會經常考慮是不是應該要放棄拍電影。當導演，首先要能享受拍攝的過程。我認識的導演中，很多人去現場都像去郊遊一樣開心，像洪常秀導演就會一直拍電影，因為他無法忍受不拍電影。但我去現場就像被抓去屠宰場一樣。像我這樣，還拍什麼電影呢。人要做自己能享受的工作。這次在後期製作時，我決定不使用配樂。每次遇到這種事，我就會很痛苦。但在現場總是會遇到這種事。即使痛苦也要拍下去，所以真的很痛苦。(笑)

李東振　在《生命之詩》中，當問美子為什麼學詩，她反問道「是啊，我為什麼學詩呢？」既然那麼痛苦，您為什麼拍電影呢？(笑)

李滄東　是啊，我為什麼拍電影呢？(笑)

李東振　和美子的回答一樣。(笑)

李滄東　美子這個人物可不是憑空捏造出來的。(笑)不過拍著拍著就會忘記痛苦的狀態，拍電影跟談戀愛一樣，失戀了會哭哭啼啼，但還是會談下一場戀愛。

李東振　在電影中，您使用了詩人鄭浩承和安度昡的詩，為什麼會選擇他們的詩呢？

李滄東 那兩首都是我很喜歡的詩。說到詩，人們通常會覺得很難懂。從這一點來看，鄭浩承的詩的確很難懂，他的詩帶有佛教的世界觀，乍聽之下會覺得很有意境，但其實非常難懂。相反的，安度昡的詩就很容易理解。我是希望能把專業詩人難懂的和容易理解的詩一起放在電影裡，還有趙美惠這個業餘詩人寫的詩，這樣就能形成對比了。雖然稍做了修改，但業餘詩人寫的詩基本上原封不動地用在了電影裡。最後美子的那首詩是我寫的。

李東振 美子的那首「聖雅妮之歌」，您是怎麼寫出來的？

李滄東 在電影裡，美子無論如何都要完成一首詩，因此在敘事上，這首詩變得非常重要。這部電影可以說是在跟隨「詩是什麼」的問題展開敘事的，所以「聖雅妮之歌」就應該是對這個問題的作答。雖然我不能直接告訴觀眾「詩是什麼」，但我可以提出問題，我希望觀眾可以找到各自的答案。儘管如此，我還是希望能在電影裡留下小小的提示，所以我覺得可以幫別人唱出心中的那首歌。雖然想說的話不能講，但可以替那個已故少女唱一首歌。我抱著這樣的想法寫了那首詩。

李東振 那首詩在電影裡，以初次寫詩的人的作品來看，完成

度未免太高了吧？（笑）

李滄東 按劇中的邏輯來看，年過六十的老婦人不可能寫出這種詩。這一點，我也很苦惱。但在電影裡，這首詩蘊含著某種意義，也在一定程度上存在著要表達的電影式的需求。比起高齡的老婦人能寫出什麼好詩的現實性，我還是選擇了詩想要表達的意義。

李東振 您還邀請了詩人金龍澤和黃炳承出演電影，在電影裡把他們的名字改成了金龍卓和黃明承，各改了一個字。他們看了試映以後，對電影有什麼評價嗎？

李滄東 他們都覺得很害羞，兩個人就只看自己的演技了，哪顧得上看整部電影啊。（笑）

李東振 您是怎麼想到請這兩位詩人出演的呢？

李滄東 因為電影裡有美子要聽詩講座的戲份，所以我覺得比起找演員來演詩人，不如讓真的詩人來演更好。這與《密陽》中請來真的牧師出演是一樣的。我希望在電影裡給觀眾一種真實在聽詩講座的感覺，為了表達真實感，所以找來真的詩人，金龍澤來演這個在地方文化院教課的無名詩人再適合不過了。當然，金龍澤是全國無人不知、無人不曉的詩人，可不知為何就是覺得他很適合這個角色。(笑)但畢竟電影裡的詩人不是現實生活中的金龍澤，所以在寫劇本的時候改了一個字，把名字變成了「金龍卓」。

李東振 那您是請到人以後，才寫劇本的嗎？

李滄東 不是，我是寫完以後，才跟他們說的。我沒有擔心請不到人，因為他們都很喜歡電影。

李東振 金詩人不是還寫了一本電影書《鄉巴佬，金龍澤去電影院》(촌놈，김용택 극장에 생 이레，2000)嗎？

李滄東 我很了解他這個人，所以知道他無法拒絕出演電影的誘惑。(笑)

李東振 聽到您的提議，他立刻答應了嗎？

李滄東 開始還找藉口想拒絕我，但馬上就同意了。(笑)後來還聽說他跟老婆說了我的壞話。拍攝前他甚至自己練習，結果不是很順利，我明明告訴他不要練習。(笑)

李東振 那電影裡醉酒後說出「詩這種東西，死了也活該」的黃炳承詩人呢？

李滄東　既然是能說出那種話的人，就應該是年輕的詩人。無論是黃炳承詩人的詩，還是他的長相都給了我那種感覺。畢竟他也不是電影中的人物，所以把名字改成了黃明承。改了一個字，感覺更好了。

李東振　這個名字感覺更有詩意了。(笑)

李滄東　名字很有詩意，但詩卻很教人費解。(笑)

李東振　在面對痛苦的態度上，《生命之詩》與《密陽》存在著很大的差異。這一點似乎透過掉在地上的杏子，和察覺到痛苦意義的美子寫在小本子上的文字表達了出來。

李滄東　與其說是積極地面對痛苦，不如說更近似於接受痛苦的態度。畢竟那是人生無法否認的一部分。在拍攝杏子那場戲時，也存在著這樣的意義。如果沒有經歷掉落的痛苦，就不會有來生。如同一種循環，生命與自然法則。美子若想告訴外孫什麼，那她就要先思考自己應該做什麼。交換也是自然的一種順序。《生命之詩》是一個關於老年人的故事，可以看成是上一代人如同杏子掉在地上化作肥料孕育下一代人，我們不能奢望永不腐朽的安葬。

李東振　儘管如此，我還是覺得《生命之詩》和《密陽》可以看成是一組相互對應的電影。兩部電影都在講述對抗人生的痛苦與無意義，但《生命之詩》從幾個角度來看，會讓人覺得是與《密陽》對立的電影。如果說《密陽》講述了受害者立場的故事，那麼《生命之詩》則講述了加害者的故事。從某種角度來看，在《密陽》中失去兒子的信愛換位成了《生命之詩》中失去女兒的女人，而且《生命之詩》也選擇了與《密陽》截然不同的方向來探索加害者的內心世界。

李滄東　雖然我沒有這樣的意圖，但《生命之詩》與《密陽》的確在某種程度上存在著連接。首先，兩部電影從開頭就有所關聯。而且如你所言，兩部電影都涉及了對人生意義的提問，也蘊含了抵抗生命的無意義。事實上，詩本身似乎就是對無意義的一種抵抗。

李東振　兩部電影中的人物所採取的行動也形成了鮮明的對比。《密陽》中的信愛能夠積極地抵抗、發洩情緒，但《生命之詩》中美子的態度則顯得很消極，甚至選擇了迴避。如果說信愛在《密陽》中經歷的是劇烈的痛苦，那麼美子在《生命之詩》中感受到的似乎是一種如同沼澤般的疲累感。

李滄東 從日常角度來看，可能是疲累感，但換一個角度看的話，也可能是人生的極限。雖然美子也在對抗無意義，但更具體地講，她應該是在抵抗死亡。那是在生活中感受到的無力感。美子因阿茲海默症開始漸漸失去記憶，上了年紀的人多少都會對失智症抱有恐懼，那最終是對死亡的恐懼。失智症可以看成是活著的時候體驗到的一種死亡，雖然肉身還活著，但意識卻在朝著不受控制的方向發展。學習寫詩是一種新的嘗試，希望能用新的視角觀察生活，但美子卻因為患病而忘記一些詞語。所以從這一點來看，可以說她是在抵抗死亡。

李東振 美子已經到了距離死亡不遠的年紀，所以那種心情才會更加迫切吧？

李滄東 人面對死亡時，才會捫心自問。像是問自己，自己的人生能有幾克重。如此看來，這也算是在寫詩了。如果美子不學習寫詩的話，或許就不會對外孫的問題感到那麼痛苦了。但無論是出自理性，還是本能，美子都感受到了寫詩與外孫的問題存在著關聯，所以她才會更加痛苦。畢竟這是無法迴避的問題。

李東振 參加詩講座的學生裡，完成作業的人只有美子一個人，但她只留下一束花和一首詩，沒有出現在教室裡。電影裡，也沒有出現美子離開家的場面。這不禁讓人覺得美子似乎是一個透過空位和沉默在講話的人物。

李滄東 最後是空位，美子的空位，因為美子終究是一個要離開的人物。令美子感到痛苦的是之後發生的事情，自己離開後的世界。可以看成她對自己不存在的世界的一種擔憂。雖然不知道這種擔憂源於什麼，但我很想表達出這個人消失的感覺，所以最後代替她朗誦了一首詩。

李東振 電影中最後離開的人是美子，但下車後看到的人卻是電影開場時自殺的少女。而且從某一瞬間開始，朗誦詩的聲音也從美子變成了少女，最後轉過頭看向鏡頭的人也是少女。將兩個人物重疊的象徵性結局給人留下了深刻的印象，既強烈又感傷，但也帶來了安慰與感動。面對這種留白式的解讀，感覺觀眾也會有各自不同的感受。

李滄東 那場戲的核心是美子代替少女寫了詩，美子不僅代替了少女的聲音，還接受了與少女相同的命運。我就是妳，妳就是我。《生命之詩》的最後看到了少女，那可以看成是死去的孩子的倒敘，也可以說是現在的樣子。我是想在那一幕表達現在，包括美子在內，我們都想再見到那個孩子，帶來一種主體與客體沒有分開，而是主客一致的感覺。無論是情感，還是畫面，都想讓觀眾感受到這一點。這也是美子寫的那首詩的內容。

李東振 詩講座課上，讓學生們以「我的人生中最美好的瞬間」為主題講故事的場面也令人印象深刻。其中，美子流淚回憶自己三、四歲時的記憶讓人尤為感動。年長美子七歲的姊姊給她穿上漂亮的衣服，邊拍手邊叫她過來，美子那時覺得好開心、好幸福，覺得自己很討人喜歡。那場戲尹靜姬老師的演技太棒了，這個故事是她真實的回憶嗎？

李滄東 是我從別的地方聽來的故事。尹靜姬沒有姊姊。(笑)對我來說，那場戲很有意義，因為是美子第一次講述自己的回憶。罹患失智症的女人回憶自己人生中最美好的瞬間，講述自己有生以來的第一個記憶，雖然有些諷刺，但也很具有象徵意義。而且，很奇妙的是，這也是朝著不可預知的人生一步步走去的內容。美子回憶「我很漂亮，也有人愛」，但巧合的是，回想這段記憶的現在她卻在慢慢接近死亡。我很喜歡這種矛盾感。

李東振 關於「我的人生中最美好的瞬間」，讓演員們講述故事的場面，會讓人不由自主地想起是枝裕和導演的《下一站，天國！》。講述自己的故事是那部電影的主題，而且一鏡到底的拍攝方法也讓人覺得兩部電影很相似。您在拍攝這場戲的時候，有想到《下一站，天國！》嗎？

李滄東 我看過那部電影，但拍攝那場戲的時候並沒有意識到那部作品。不過我有這樣的意圖，讓學生講述自己人生中最美好的瞬間，是希望能與詩講座的內容有所連結，也就是說與尋找人生中的美好有所連結。同時也希望透過演員直接講述故事，給觀眾帶來一種觀看紀錄片的感覺。我考慮到這兩點原因拍攝了那場戲，沒有想到《下一站，天國！》。

李東振 《生命之詩》很像是一部關於電影這種媒體的電影。在詩即將死去的時代，詢問詩的意義，這樣的問題也很適用於人生和電影。聽完為期一個月的詩講座後要寫出一首詩的美子，與在有限的時間內必須完成一部電影的導演，您們的狀況很相似。

李滄東 是啊。這真的是很辛苦的事情。而且問題是，根本沒有完成的感覺。似乎沒有所謂的完成。

李東振　話雖如此，但最後不是還是強制完成了嘛。(笑)

李滄東　在電影上映前，我的腦袋亂作一團，感覺自己拍的東西漏洞百出，就像還有沒擦乾淨的血跡和膿瘡一樣。(笑)但電影上映以後，為了宣傳不得不包裝，這點真是很強人所難，感覺就像欺騙別人的同時也在欺騙自己，還得擺出某種姿態，像交出了完成品一樣。

李東振　《生命之詩》沒有使用任何音樂，這讓原本就很平靜的電影變得如同靜止的井水一般更加安靜了。甚至讓人覺得川流不息的江水聲取代了音樂。您一開始沒有打算不加音樂吧？

李滄東　嗯，這部電影也有音樂總監。直到進行最後混音的凌晨也還在製作電影音樂。當時，只要加入配樂就可以了，但最後我還是決定拿掉音樂。我覺得這部電影不應該加入任何音樂。電影音樂是為了渲染氣氛和美感，但《生命之詩》是一部提出何謂美好的電影，所以才覺得不適合加入音樂。在沒有音樂的情況下，讓觀眾們感受到音樂，感覺更符合最初的意圖。

李東振　為了作品，您可以這樣做，但負責配樂的工作人員一定很受挫。(笑)您一定也覺得很對不起大家吧。

李滄東　我感到非常抱歉。在進行最後混音的錄音室做出這種決定真的太難了。起初我也覺得需要音樂，認為音樂可以製造出情感上的空白。但最後卻決定拿掉音樂，那瞬間所有人都沉默了。

李東振　當時的場景好像生動地出現在我眼前了。(笑)做了決定以後，就照辦了嗎？

李滄東　我真的覺得很對不起大家。導演做出的決定，其他人能怎麼辦。

李東振　那天負責配樂的人一定喝了很多酒。

李滄東　我可以感受到他們很受挫，所以解釋說，拿掉音樂不是因為音樂不好，而是太好了，但這怎麼可能說服他們呢？我講的都是真心話。在電影配樂這件事上，我已經臭名遠揚了，真教人擔心以後沒有音樂總監願意跟我合作了。這次簡直是致命性的。《密陽》的時候，在阿根廷錄了一百多首曲子，但電影只使用了兩首。當時負責配樂的克里斯蒂安・巴索(Christian Basso)在錄音室暈倒送進了醫院。雖然他本人說是因為急性食滯，但我知道是因為壓力過大。

李東振　拍攝《生命之詩》時，讓您覺得最難的是什麼？

李滄東　這可能是觀念性的回答，但我覺得最難的是如何確立電影與現實之間的間隔，因為很難把握要投入多少現實，以及抽離多少虛構。這個問題不僅對拍攝造成了影響，也對包括人物和敘述在內的電影整體帶來相當大的影響。最後考慮要不要使用音樂也與這個問題有關。

李東振　在《生命之詩》上映以後，有什麼是令您引以為傲的嗎？

李滄東　沒有。

李東振　我就知道您會這麼回答。(笑)

李滄東　如果仔細想一想可能會有，但我不太清楚。我好像生病了，為什麼看不到好的東西呢？

李東振　三年前，因為《密陽》訪問您的時候，您說：「最初決定拍電影的時候，我就想只要能拍五部電影就好了。」按當時的想法，現在只剩下一部了。您該不會再也不拍電影了吧？

李滄東　這要看《生命之詩》的票房了。

李東振　真是愚問賢答啊。（笑）

李滄東　沒有票房的話，就再也沒有機會拍了。

李東振　就算這次的電影沒有票房，您也絕不能放棄拍電影。

李滄東　失敗的話，也還能再拍一兩部吧？這就要看我能不能改過自新了。（笑）

李東振　在遙遠的未來，與您的意願無關，如果遇到不能拍電影的狀況，您覺得會怎樣呢？

李滄東　最有意義的是，即使有人不讓我拍，但我還是會拍下去。只要大幅度減少製作費就可以拍電影。其實電影沒有什麼特別的。但問題是，那時候的我會有這種熱情嗎？如果失去了熱情，我就會放棄拍電影。我對不拍電影沒有什麼特別不捨的，不會因為沒有電影拍就坐不住。回鄉下生活，曬曬太陽感覺也很不錯，偶爾爬山也很好。我老家在安東，但不一定非要回去。

文學評論家申亨哲散文

—

〈寫詩的人，只有楊美子〉

- 文學評論家申亨哲以二〇〇五年季刊《文學村》登入文壇。著有《沒落的道德》、《感受的共同體》、《愛的準確體驗》和《學習悲傷的悲傷》。二〇二一年作為教授就職於朝鮮大學文藝創作系。
- 本文收錄於二〇一〇年出版的散文集《感受的共同體》。二〇二一年，作者重新進行了修改。

「為什麼學詩啊？」在電影中，這個問題的語氣很微妙。人們似乎對詩與詩人帶有雙面的感情。那個問題既帶有覺得很了不起，但又覺得很可憐的語氣。那是對追求美好、高雅的世界的憧憬，同時也提出了反駁：難道那不是與人生的殘酷現實毫無關係的世界嗎？至少在電影前半段，觀眾看到的詩講座教室的風景多少符合了這種普遍觀念。到目前為止，學詩對楊美子而言，等同於是在客廳擺放一個像樣的花盆。聽到金詩人要求大家都要寫一首詩以後，美子摸了摸蘋果，也坐在樹蔭下，但她這樣做只是為了不深入窺視自己的人生罷了。即使是在透過其他家長得知外孫也是集體性暴力事件的加害者以後，她的這種態度也沒有立即發生轉變。在聽到令人震驚的事實後，她立刻離席，躲進了花的美麗之中。但情況開始慢慢發生變化，詩開始躲避生活，生活便湧入了詩中。

之後接連的三個場景可以證明這一點。楊美子參加已故少女的安魂彌撒、洗澡的時候流下了眼淚、回到家搖醒外孫連聲質問。在這樣的過程中，楊美子不由自主地意識到，若將生活中的恐懼與痛苦真相區分開來的話，便無法寫出詩來。現在，寫詩（發現美好）與生活（完成贖罪）將融為一體。（這不禁讓人覺得這是一部將李滄東導演的前作《密陽》倒過來重拍的電影。前者站在受害者的立場，後者站在加害者的立場；前者透過宗教，後者透過藝術；前者是原諒的問題，後者是贖罪的問題。）此時楊美子知道了要想寫出真實的詩，就要付出代價。不應置身於（普遍的）空間，而是應該前往（特定的）場所；不是欣賞（抽象的）風景，而是去見（具體的）

人物。楊美子初次前往發生性暴力事件的學校，也去了發現少女屍體的江邊。

不止於此，她還需要更進一步。楊美子在發現少女屍體的江邊拿出小本子想寫詩的時候，下起了驟雨，雨滴浸濕白紙的場面起到了決定性的作用。抹去字跡的雨水告訴楊美子，要用身體而不是文字作詩。雖然金詩人說過，白紙是無限可能性的空間，但被雨水浸濕的白紙卻在對楊美子說：這張紙能給妳的唯一的可能性，是將詩與人生融為一體。被這場下達了絕對命令的驟雨淋濕後，楊美子經歷了身體的變化——變成了能夠寫出詩的身體。為了籌到五百萬元和解金，她強忍住脫去衣服的恥辱，為別人擦去眼淚，然後在講述「我人生最美好的瞬間」時，回憶幼年的自己，並潸然淚下。這是年邁的女性變回十幾歲少女的過程。她沒有想像、重現已故少女的心，而是讓自己徹底變成了少女。

楊美子留下了一首以身體而作的詩。朗誦那首因真實而隱含痛苦、無法讚嘆寫得如此美好的詩時，我們醒悟到，金詩人那句枯燥乏味的話是真的。詩人是觀察生活的人，是發現美好的人。楊美子的道德性之所以急速前進，是因為她是「聽老師話的學生」。在數場講座上，金詩人強調了真實性與藝術性的關係，其中一定摻雜了連他自己也不相信的觀點。雖然學生聽後頻頻點頭，但那不過是對自己的滿意，並沒有付諸實踐，因此金詩人也無從得知楊美子按照自己教的寫了一首怎樣的詩。「只有楊美子一個人寫了詩。」我覺得這句話是貫穿了整部電影的一種宣言。只有楊美子。很多人寫詩，但少有人完成一首詩。

青年時期的米哈伊爾．巴赫金(Mikhail Bakhtin)在《藝術與責任》(Iskusstvo i otvetstvennost，1919)中寫道：「當我們置身於藝術之中，便脫離了生活，反之亦是如此。」他強調，藝術與生活應在人格中實現「統一」。這怎麼可能呢？巴赫金表示，首先要有「責任」(responsibility)，也就是應答的能力(response+ability)。不要讓在藝術(或生活)中的體驗變得毫無用處，要能以生活(或藝術)來應答。更重要的是接下來的這句話：「生活與藝術不僅要相互承擔責任(應答)，還必須擔負罪責。」這句話的意思是，生活中的卑俗源於藝術的罪責，藝術的荒廢則始於生活的罪責。楊美子不僅完成了一首詩，而且在這種意義上實現了統一，也就是藝術與生活的統一。她用生活承擔起了藝術(應答)，也用藝術擔負起了生活的罪責。

回頭來看，《密陽》和《生命之詩》是相連的。導演貫穿《密陽》中的教會共同體與《生命之詩》中詩朗誦會的視線，也是兩面的。雖然很想否認世俗化的宗教與藝術的團體，但因無法否定宗教與詩本身，所以產生了裂痕。換句話講，李滄東在兩部電影中的目標是相同的——從作為制度的宗教和藝術中抽離出某種「宗教性」、「藝術性」的東西，唯有這樣，我們才能獲得救贖。為此，電影透過楊美子的這首詩展現了關於「詩意」樸實且恐懼的定義。詩要真實、用真心來寫。大家似乎都忘了這理所當然的定義，如今反倒覺得這種定義很可笑。我們反駁說，這是陳腐的、壓迫的定義，但同時又在心裡感受到內疚與羞恥。從這點意義來看，這部電影假借詢問「什麼是詩」，實際是在提問「我們是誰，現在是怎樣的時代？」而且，即使過去了十年，這個問題的價值也沒有絲毫的減弱。

詩人克勞德・穆夏爾(Claude Mouchard)× 導演李滄東對談

—

大膽的靜謐

- 克勞德．穆夏爾（Claude Mouchard，1941～）巴黎第八大學名義教授。既是著名詩人，也是翻譯家、新聞工作者，以及編輯。一九六四年於索邦大學主修文學，一九六六年透過文藝雜誌發表評論與作品展開文學活動。任職詩集雜誌《PO&SIE》編輯委員時，大量介紹了韓國、日本、中國和美國的詩集作品。
- 訪談於《生命之詩》在二〇一〇年第六十三屆坎城電影節首映期間進行。訪談內容由李滄東導演提供。

《生命之詩》！在觀看這部電影之前，我覺得這個片名十分特別。聽到片名的瞬間，觀眾會期待怎樣的故事呢？電影需要觀眾，但怎麼能以這樣的片名大膽地接近觀眾呢？

我偶爾會覺得「詩」這個詞蘊含了「如今人們再也不需要了」的意思。無論是電影觀眾，還是製片商或發行商都屬於這樣的「人們」。

詩……在電影中，詩與主人公美子有著密切的關聯。美子過著清寒的生活，她與處在陰鬱青春期的外孫相依為命，還做著保姆的工作，去照顧一個稱之為「會長」的半身不遂的老人。但她在畫面中，享受著自由，如花般美麗地綻放著。其他人會對她的優雅投來新奇的目光。她的單純與嬌弱不禁讓人聯想到花芯與花葉，但其中也隱藏著無法輕易被折損的什麼。

電影裡存在著犯罪和追蹤的過程，但很難三言兩語概括出劇情。美子在田間與熙珍母親交談的場面（忘記自己為何而來）彷彿讓時間靜止了，僅存單純的現在。

這是一部如同空氣般輕盈，卻隱藏著痛苦的電影。必須用身體去感受電影的每一個瞬間。在連續的、流動式的關係中，觀眾將徹底被劇情吸引。得益於跟荷蘭畫家威廉・德庫寧（Willem de Kooning，1904~1997）一樣罹患阿茲海默症的美子的視線，才讓電影形成了一種感覺的韻律。色彩、花朵、鳥鳴（憂鬱症日漸嚴重的維吉尼亞・吳爾芙認為自己可以理解鳥鳴的意思）……

詩？這部電影裡充滿了詩，詩起到了連接的作用，甚至將人物融合在一起。「聖雅妮之歌」從美子的聲音過渡到少女的聲音，已故的少女起死回生直視觀眾，在那孩子的臉上可以隱隱地看到微笑。整部電影散發出強而有力的寓意，就像一個無法用言語表達，只能深深埋在心底的問題。我想問導演幾個關於那個問題的碎片，聽取他的回答。

克勞德 在製作一部電影的過程中，您會在什麼時候決定電影的片名呢？是什麼時候想到要以「詩」為題製作電影的呢？

李滄東 我一般很早就會取片名。很奇怪的是，如果不先決定片名，就會沒有這部電影能被製作出來的信心。幾年前，在韓國一個名叫密陽的城市（電影《密陽》的背景城市）發生了一起女學生被十幾歲的男學生集體性侵的事件。在準備《密陽》的過程中，以及電影完成之後，這件事始終在我的腦海裡揮之不去。雖然有一種義務感促使我應該把這起事件拍成電影，但卻不知道該如何去拍。起初我覺得可以像瑞蒙．卡佛（Raymond Carver）的短篇小說《家離水邊那麼近》（So Much Water So Close to Home）的故事架構來拍，但感覺這種架構太熟悉了。之後，有一天在日本京都的飯店房間看電視的時候，我突然想到了「詩」這個片名。那個節目似乎是為了失眠的旅行者播放的，可以看到緩緩流淌的河流、飛翔的鳥兒、撒網捕魚的漁夫等風景，背景音樂是很適合冥想的音樂。我看著電視心想，講述這個殘忍故事的電影片名應該是「詩」，與此同時故事的主人公和構架也浮現在了腦海中。當時跟我一起旅行的同伴是我的老朋友，詩人黃芝雨，那天晚上我把電影片名和故事架構告訴他以後，他說這個想法太冒險了，怎麼能取「詩」這種片名？怎麼可能把老奶奶寫詩的故事拍成電影？他還警告我，不要因為取得了幾次成功（還都是很小的成功）就自命不凡。（笑）但奇怪的是，聽他這麼一說，我反而更加確信要這麼做了。

克勞德 您是什麼時候想到要請尹靜姬出演這部電影的呢？韓國觀眾都認識這位演員嗎？年輕人是不是對她不太熟悉呢？

李滄東 可能二十幾歲的年輕人都不太熟悉尹靜姬，因為韓國電影的世代斷層很深。我從一開始，也就是從想到電影的主人公要設定成六十歲老人，且獨自撫養孩子時，就想到了尹靜姬。這種想法就像很理所當然的事實，自然而然地站穩了腳跟。即使她在過去的十五年間沒有任何活動也沒有關係。主人公的名字是「美子」，尹靜姬的本名也是「美子」。這不是故意為之，而是非常自然的巧合。

克勞德 那您是什麼時候想到失智症這個素材的呢？美子在田間遇到熙珍母親的時候，是不忍說出那些話，還是真的忘記了呢？

李滄東 想到「詩」這個片名，還有生平第一次寫詩的六十歲主人公，以及老人獨自撫養男孩的時候，就自然而然地想到了「失智症」這個詞。美子學詩的同時，卻開始忘記了單詞。失智症無疑是在暗示死亡，死亡會讓人思考已故之人與留下來的人之間的關係。美子去見已故少女的母親時，陶醉在鄉間的美景中，結果見到對方時卻忘了自己為何而來。當然，這是因為失智症。忘記就是這麼殘忍。這也是因為美子的「詩」，有時詩也會讓人忘記現實。

克勞德 擔任詩講座老師的詩人根本沒有教大家寫詩的技巧，而是一再強調在生活中寫詩的態度，其中特別強調了「要仔細觀察」。從這一點來看，也可以看成是詩與電影的一種結合吧？

李滄東 是的。「要仔細觀察」既是在說詩，也是在說電影。有的電影可以讓觀眾重新認識世界，有的電影只讓觀眾看到自己想看的東西，還有的電影什麼也不想讓觀眾看到。

克勞德 透過詩講座、寫詩的靈感和詩朗誦會，可以知道詩是這部電影的中心主題，而且我覺得電影的架構本身也與詩密切相連。相比您其他作品，我特別喜歡這部電影，原因是它連接每個瞬間的關係的流動性。我可以把它定義為「開放式」的電影嗎？

李滄東 從一開始我就覺得這應該是一部像詩一樣有很多留白的電影。留白的部分應該由觀眾來填滿。從這一點來看，可以說這是一部「開放式」的電影。

克勞德 出於這點原因，這部電影最重要的部分就是留白(blank)。美子最後和外孫鍾旭打羽球的時候，那個在詩朗誦會上滿口淫詞穢語的警察朴尚泰突然出現帶走了鍾旭，但美子看上去就像知道他會這麼做一樣。是美子向他揭露了外孫的罪行嗎？您為什麼沒有直接告訴觀眾呢？

李滄東 這既是美子的祕密，也是電影的祕密。應該讓觀眾來解讀這個祕密。美子可能不想把這個祕密告訴任何人，但電影裡留下了幾處(足夠充分的)暗示。美子在餐廳院子裡哭泣的時候，那個警察站在她旁邊；帶走鍾旭的那天，她突然帶外孫去吃披薩，還讓他洗澡、幫他剪腳趾甲；讓鍾旭的媽媽回來……但我不想太直接地表達出來。我想把美子的行為像中世紀歐洲流行的「道德劇(morality play)」一樣展現給觀眾，讓觀眾來選擇故事的結局。像這樣，觀眾就可以成為這部電影的主人公來面對電影的留白(blank)，像玩隱藏在劇中的遊戲一樣，必須做出某種選擇——道德性的選擇。當然，這個遊戲太隱密了，觀眾可能沒有意識到。

克勞德 美子與「會長」發生關係的那場戲中，美子已經想到要向會長要錢了嗎？在我看來，美子似乎是之後才想到跟會長要錢的……可以理解為美子是想在死前送給會長一份「禮物」嗎？

李滄東 美子是以怎樣的想法和感情對那個老男人施以「慈悲」的呢？在下定決心以前，她先去了少女投江的江邊，在那裡淋了一場雨，並陷入深思。一定有什麼非常難解和複雜的問題困擾著她。她可能想到了導致少女尋死的不成熟男孩們的性慾，以及懇求她讓自己最後再做一次男人的老男人的性慾。很矛盾的是，美子最後還是滿足了老男人的慾望。也許這只是出於單純的同情。但最後，她開口要錢的時候，自己玷污了自己的行為雖然很令人痛心，但這卻是她不可避免要做出的選擇。

克勞德 我覺得電影中存在著視覺上的回聲。比如，花。特別是紅色的花、與血有關的花。美子家廚房的洗碗槽，美子觀察洗碗槽，詩講座課上，老師也提到洗碗槽裡也有詩。這都讓人感覺像是詩中的韻腳一樣。同樣的，美子的帽子被風吹走掉在江面上，這也讓人聯想到了自殺的少女。這裡讓人想起了開場時沿江漂來的屍體。

李滄東 如您所言，紅色的花與血有關。美麗的東西常常伴隨著骯髒，很多好看的花也都是假花。掉在江面的帽子讓人聯想到自殺的少女，也暗示了美子的命運。

克勞德 電影在敘事上也有留白。美子留下一首詩之後去了哪裡？電影的最後，聽到美子的聲音時，我們才意識到美子不在，但卻不知道她去了哪裡。難道她自殺了嗎？

李滄東 這裡也是我想留給觀眾自己去填補的空白(blank)。但這裡也留下了暗示。最後的畫面中，流淌的江水暗示美子把少女的命運看成了自己的命運，還有她對掉在地上的杏子的想法也是如此。

克勞德 美子的命運與少女的命運重疊在一起，這與最後那首名為「聖雅妮之歌」的詩有關嗎？朗誦詩的聲音從美子變成了熙珍，兩個人物就此融合在一起了嗎？

李滄東　聖雅妮是已故少女的洗禮名。美子留在世上的唯一一首詩可以看作是替少女而寫的。美子代替少女，留下她想說的話。可以看成透過詩讓她們融為一體。

克勞德　您提到這部電影提出了一個問題：「在詩走向死亡的世代，什麼是詩？」這也是對「什麼是電影」的一次提問。既然是這樣，電影的最後是否也反映了您對詩的看法呢？

李滄東　我只是想向觀眾提問，答案已經交給了觀眾。關於詩，我的一個想法是，詩不是代替我，而是代替某一個人的感情和想法的一首歌。如果有人問我為什麼要拍電影，我會回答說，因為我想替你講述你的故事。

作者筆記×現場劇照

—

一首「詩」綻放的瞬間

GALAPAGOS

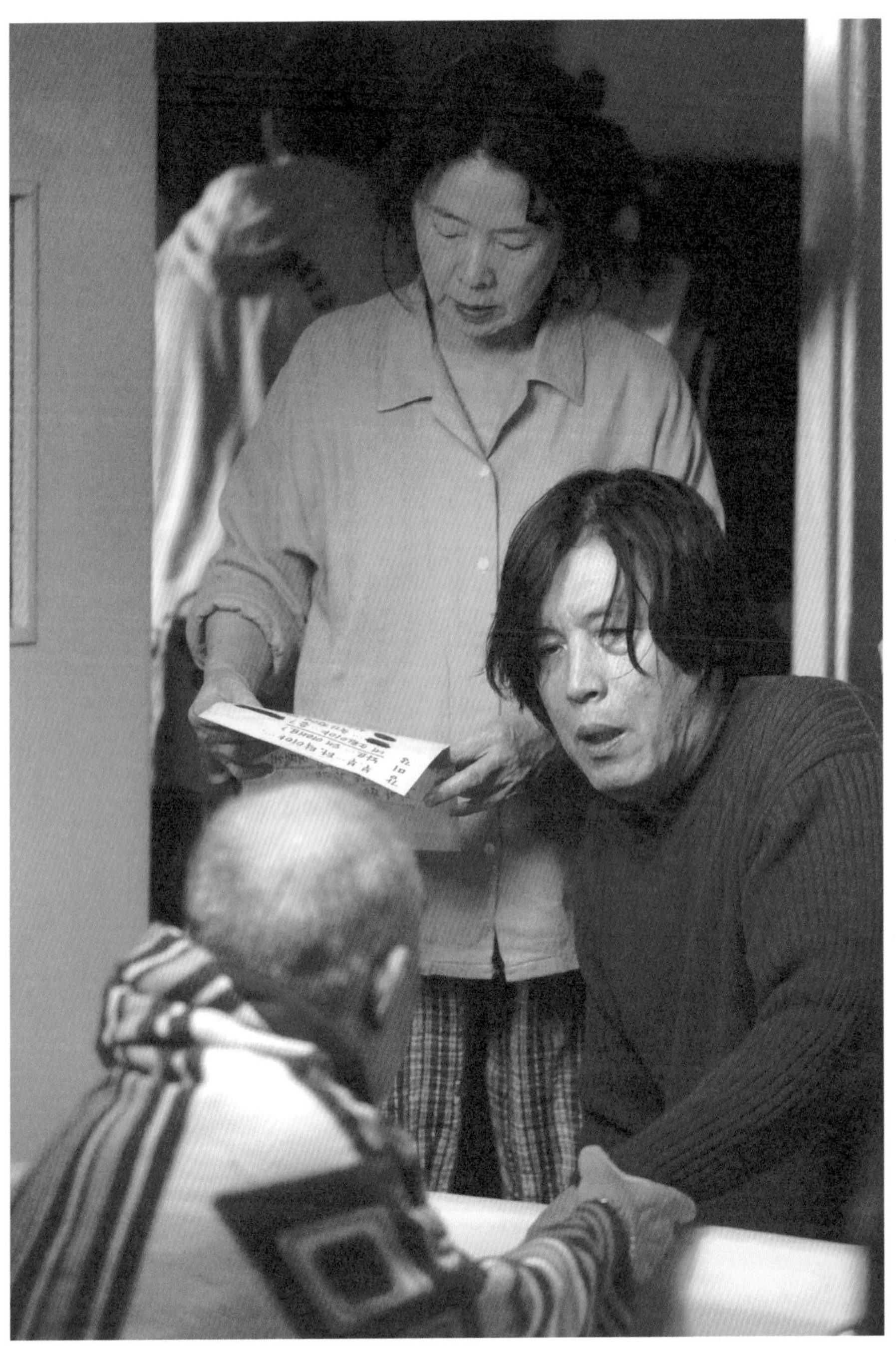

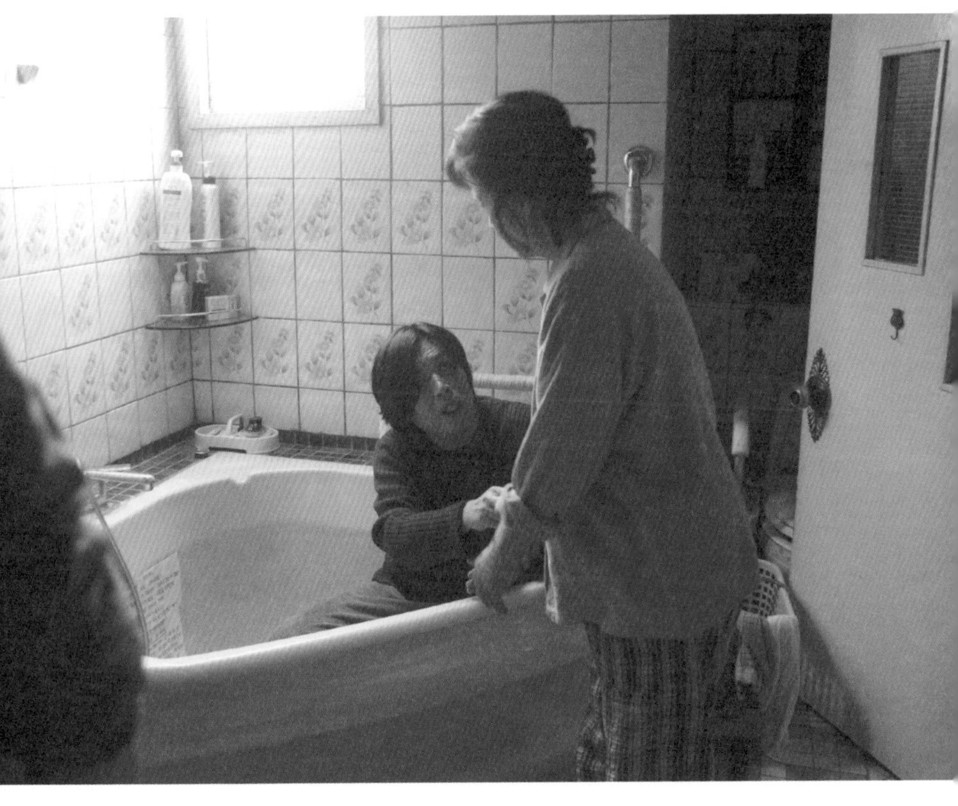

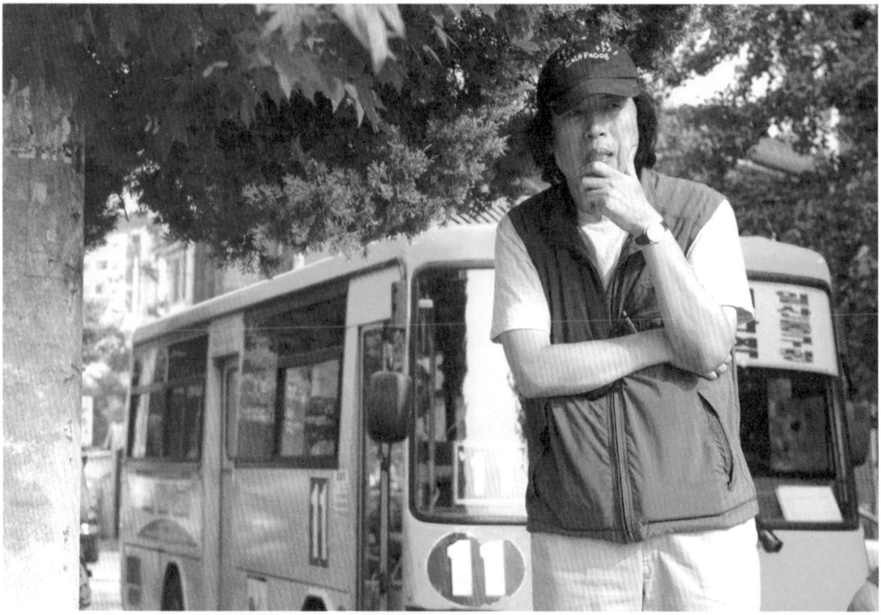

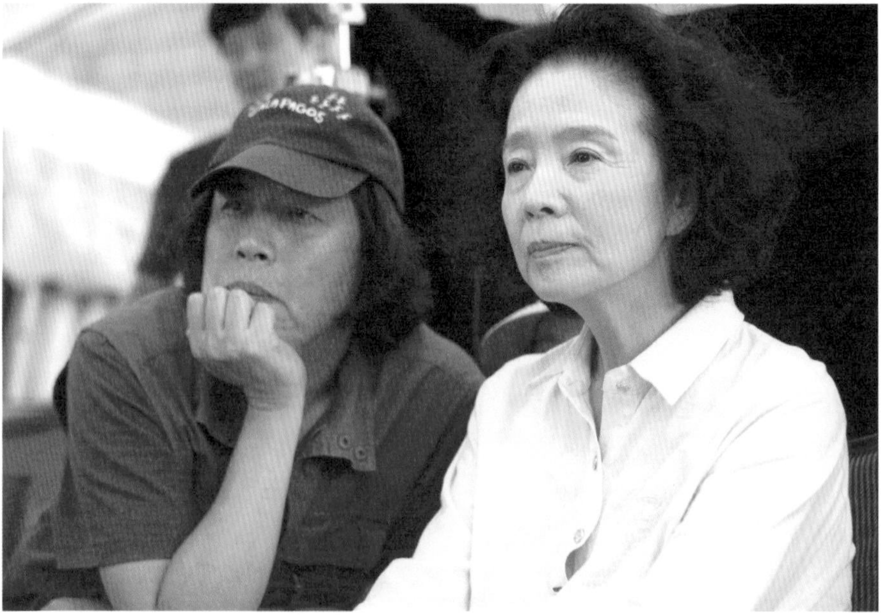

GALAPAGOS
SPYDER

GALAPAGOS

GALAPAGOS

sachtler

GALAPAGOS

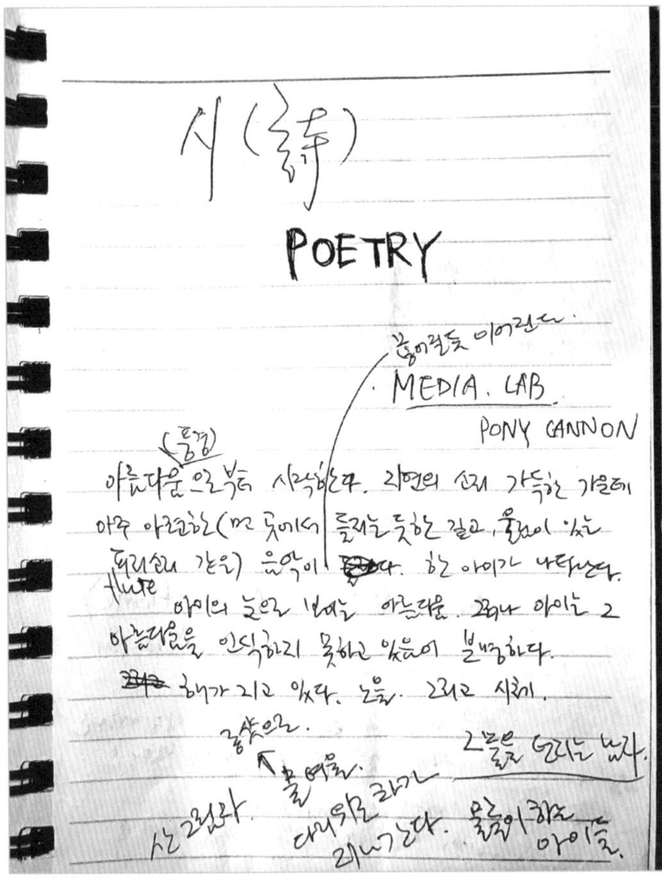
시 (詩)
POETRY
MEDIA. LAB
PONY CANNON

...아이의 눈으로 보이는 아름다움.
그러나 아이는 그 아름다움을 인식하지
못하고 있음이 분명하다. 해가 지고 있다.
노을. 그리고 시체.

……孩子眼中的美好。
但很明顯，孩子沒有意識到那種美好。
太陽西下、晚霞，以及屍體。

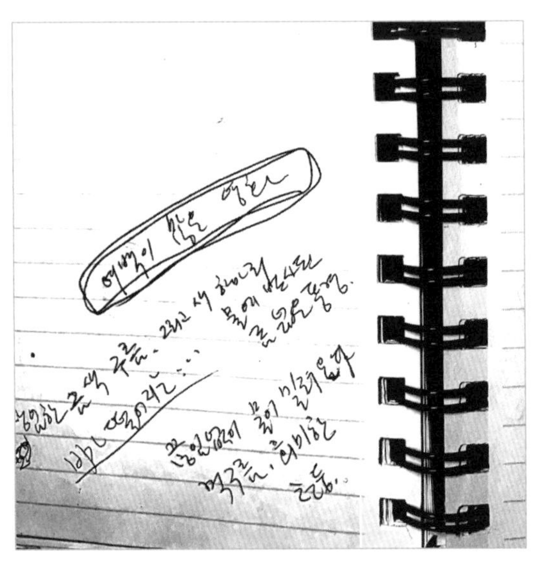

여백이 많은 영화

很多留白的電影。

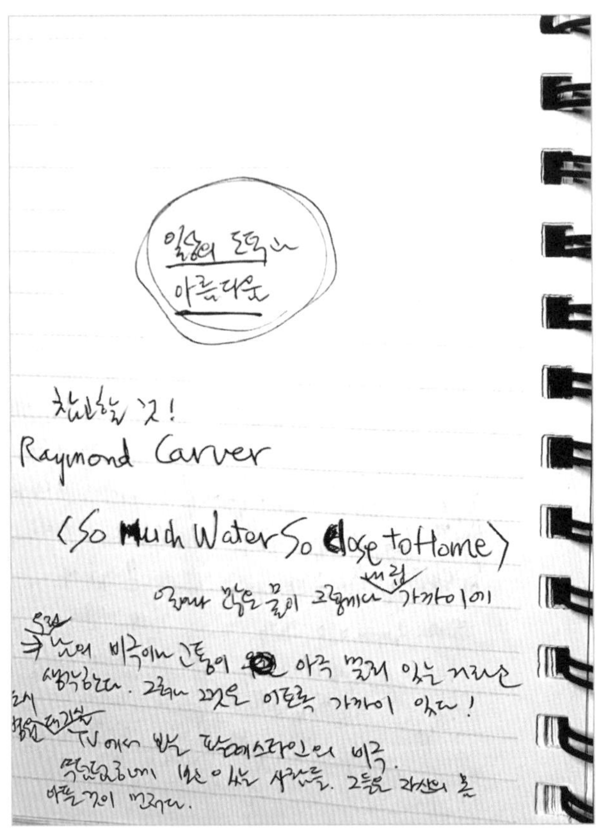
참고할 것!
Raymond Carver
〈So Much Water So Close to Home〉
얼마나 많은 물이 그렇게나 가까이에
TV에서 보는 팔레스타인의 비극.

일상의 도덕과 아름다움

日常的道德與美好

我們會覺得他人經歷的悲劇或痛苦
距離自己十分遙遠，
但其實近在咫尺！

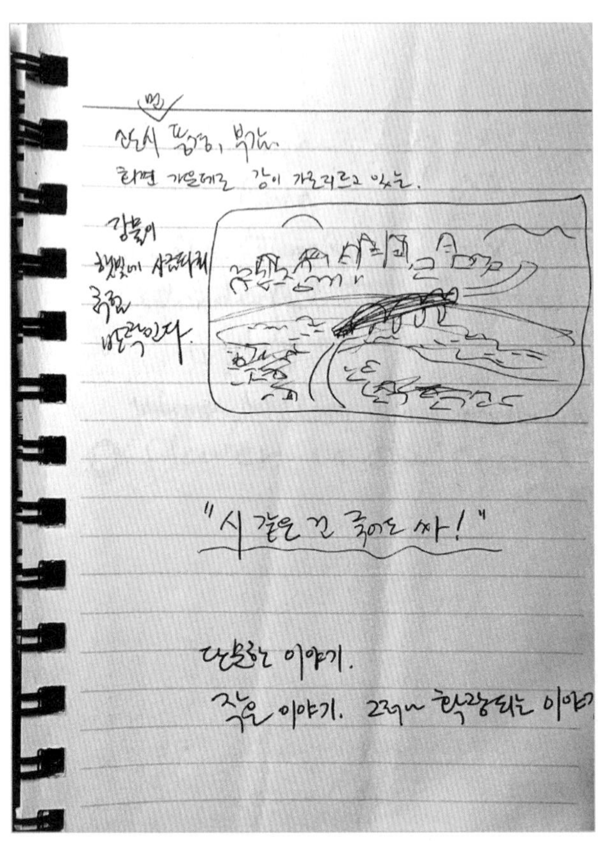
한편 가운데로 강이 가로지르고 있는.
"시 같은 건 죽어도 싸!"
단순한 이야기.
작은 이야기. 그러나 확장되는 이야기

"시 같은 건 죽어도 싸!"

「詩這種東西，死了也活該！」

簡單的故事。

微不足道的故事，

但，可以擴展的故事。

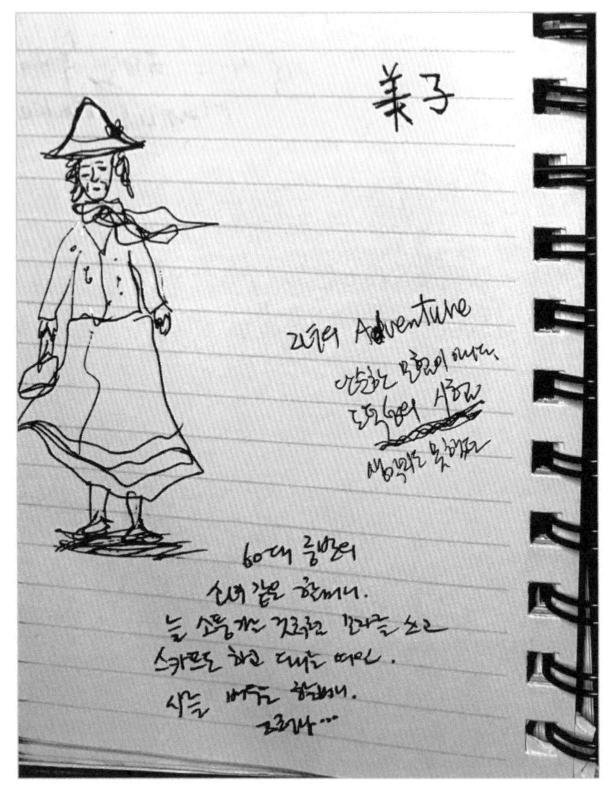
美子
그녀의 Adventure
60대 할머니
소녀 같은 할머니.
스카프도 하고 다니는 여인.
그러나…

단순한 모험이 아닌, 도덕성의 시험

這不是一場單純的冒險，而是道德性的考驗

年過花甲卻如同少女般的老奶奶。

總是像去郊遊一樣，戴著帽子，圍著絲巾的女人。

學寫詩的老奶奶。

但是……

무슨 이야기?

→ 60대 중반의 한 여자가 평생 처음으로 시 한편을 쓰는 이야기.

시를 쓴다는 것은 무엇을 의미하는가?

진정한 아름다움을 찾는 늙은 여자

※ 영화는 예쁘고 멋있게 그려져서는 안된다!
겉으로 드러나는, 시각적인 아름다움을 철저히 배제해야 한다.
설거지통 같은 우리의 일상을 있는 그대로 보여주며 관객이 스스로 진정한 아름다움을 찾도록 해야한다!
만약 그런 것이 있다면...

시를 쓴다는 것은 무엇을 의미하는가?

寫詩意味著什麼?

不能把這部電影拍得太美、太漂亮。

必須最大限度地去除視覺上的美感。

應該如實地呈現出我們如同洗碗槽般的日常生活,

好讓觀眾自己去尋找「真正的美好」。

假若那種美好存在的話……

「詩」沒有為尋找答案而徘徊。
它從事件發生以後，就只是觀察整個事態的發展。
處於事件中心的美子之所以做出這樣的決定，
或許是因為她不想最後的記憶裡只剩下絕望，
又或者是不想給這個千瘡百孔的世界再多添一份痛苦。
也許一切都應該像她這樣單純。
電影的最後，那場震撼人心的打羽球場面，至今仍教人歷歷在目。

羅傑．埃伯特
Roger Ebert，1942～2013，**美國電影評論家**

● 收錄於本書P239～P244的內容，正是國內外評論家們盛讚的「將悲劇昇華至極致美的名場面」(美子和鍾旭打羽球，請參考本書P134～P136原創劇本「第89場次」)。由李滄東導演親自繪製的分鏡腳本。

97. 아파트 앞 공터(밤/외부)

C#1 배드민턴 치는 미자, 옥이(L.S). 미자 앞모습.

배드민턴을 치고 있는 미자와 옥이. 미자는 나무쪽(S#17과 반대). 한쪽에는 아이들이 놀고 있고, 화단 옆 벤치에는 파자마 바람의 노인들이 앉아서 이야기를 하고 있다. 평화로운 밤이다.

C#3 미자 단독(B.S)

어두운 허공으로 하얀 포물선을 그리며 셔틀콕이 날아다닌다. 라켓을 휘두를 때마다 미자의 입에서는 연신 어린애처럼 흥분된 호흡 소리, 안타까운 비명이 터져 나온다.

C#2 옥이 단독(B.S)

옥이는 조금 심드렁하게 받아주는 듯 보이지만 그래도 나름 열심히 치고 있는 중이다.

C#4 미자 O.S. 옥이.

미자 O.S. 옥이. F.S. 두 사람이 배드민턴을 치고 있는 동안, 버스 정류장 방향에서 ~~차가 한~~ 대 들어와 카메라 앞으로 ~~다가온다.~~

C#1~C#4

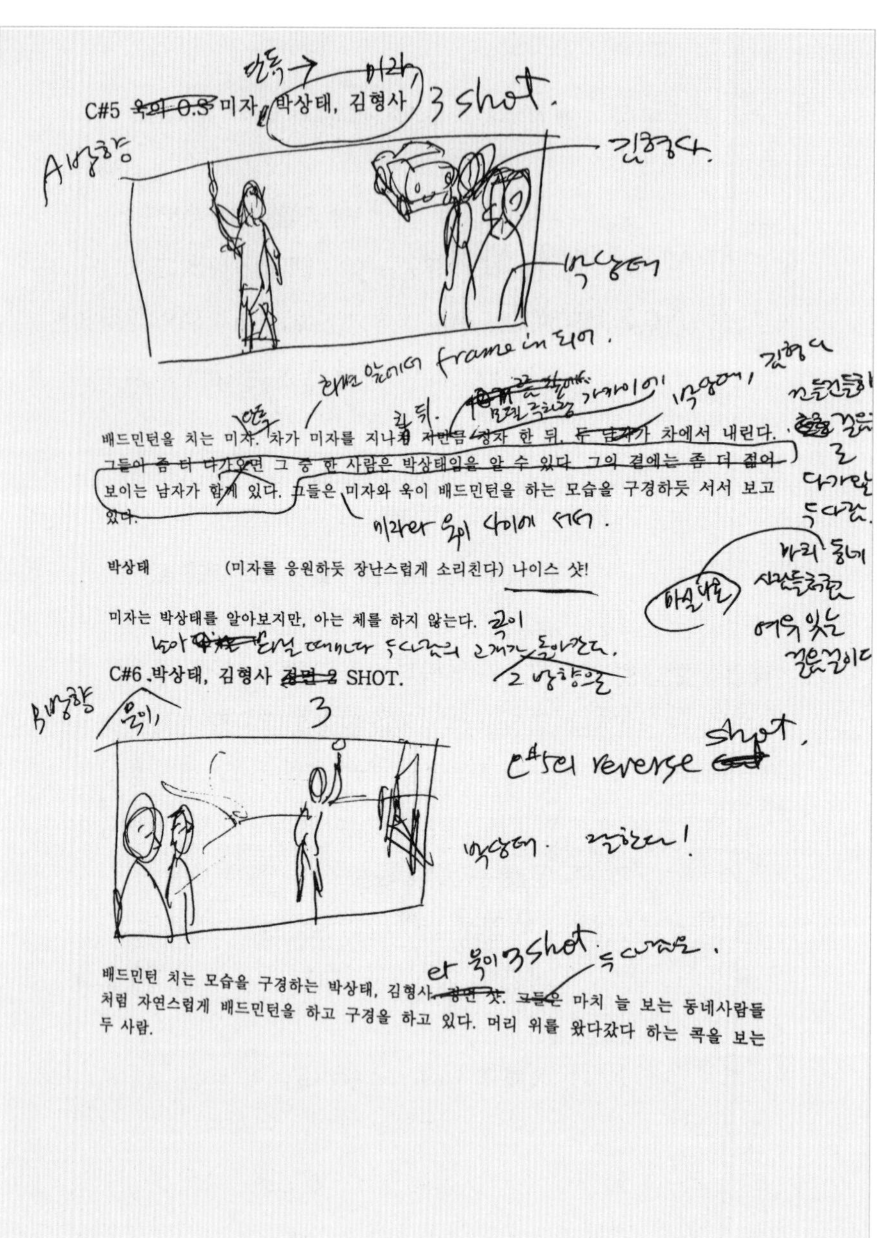

C#5 옥의 O.S 미자, 박상태, 김형사

배드민턴을 치는 미자. 차가 미자를 지나쳐 저만큼 정차 한 뒤, 두 남자가 차에서 내린다. 그들이 좀 더 다가오면 그 중 한 사람은 박상태임을 알 수 있다. 그의 곁에는 좀 더 젊어 보이는 남자가 함께 있다. 그들은 미자와 욱이 배드민턴을 하는 모습을 구경하듯 서서 보고 있다.

박상태 (미자를 응원하듯 장난스럽게 소리친다) 나이스 샷!

미자는 박상태를 알아보지만, 아는 체를 하지 않는다.

C#6 박상태, 김형사 정면 2 SHOT.

배드민턴 치는 모습을 구경하는 박상태, 김형사. 정면 샷. 그들은 마치 늘 보는 동네사람들처럼 자연스럽게 배드민턴을 하고 구경을 하고 있다. 머리 위를 왔다갔다 하는 콕을 보는 두 사람.

C#5~C#6

C#7 배드민턴 치는 미자 단독(W.S. 정도)

배드민턴을 치는 미자. 옥이 친 셔틀콕이 미자의 머리 위를 지나 뒤쪽 나뭇가지 위에 떨어진다. 미자가 나무 밑으로 가서 난감한 표정으로 쳐다본다. (M.S. 또는 F.S.)

C#8 나무 위 셔틀콕 쪽에서 보는 미자. 부감.

나뭇가지 위에 걸린 하얀 셔틀콕. 나뭇가지 쪽에서의 부감. 미자가 쳐다보며 라켓으로 가지를 건드려 콕을 떨어트리려 하고 있고, 그 뒤로는 지켜보고 있던 옥이 다가오는 모습이 보인다. 그때 사내들이 옥이를 부르고 옥이 걸음을 멈추고 돌아본다. 이윽고 사내들 쪽으로 다가가는 옥. 두 사람이 옥이에게 뭔가 이야기하고 있다. 그 동안에도 그녀는 계속 라켓을 휘두르며 콕을 떨어트리려 하고 있다. 떨어질 듯 떨어질 듯 하면서도 잘 떨어지지 않는 콕. 이윽고 라켓이 가지를 건드리자 마침내 땅에 떨어진다. (CAMERA, 콕을 따라 TILT DOWN) 다가와 콕을 줍는 미자.

C#7~C#8

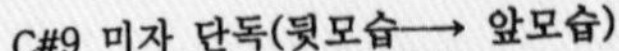

C#9 미자 단독(뒷모습⟶ 앞모습)

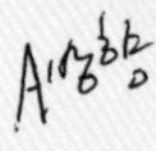

나무 밑으로 다가가 콕을 줍는 미자. 그녀가 콕을 줍고 돌아서면, 박상태의 목소리 들린다.

박상태(O.S)　　　　　누님! 내가 한 수 가르쳐 드릴게요.

C#10 박상태 단독

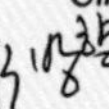

옥이 대신 라켓을 들고 서 있는 박상태.

박상태(O.S)　　　　　누님! 내가 한 수 가르쳐 드릴게요.

(그가 웃으며 장난스럽게 라켓을 휘두른다. 김형사가 지나가며 한마디 던진다.)

김형사　　　　폼이 영 아니잖아요, 박형사님.
박상태　　　　내 폼이 어때서? 이만 하면 멋있지! (미자에게 소리친다) 자, 누님! 서브!

김형사는 옥이를 데리고 차 있는 쪽으로 걸어가는 중이다.

C#11 미자 O.S. 박상태, 옥이, 김형사

B상향.

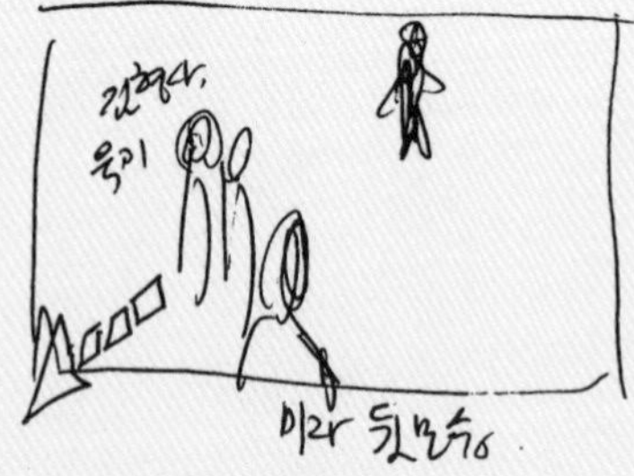

김형사　　　　폼이 영 아니잖아요, 박형사님.
박상태　　　　내 폼이 어때서? 이만 하면 멋있지! (미자에게 소리친다) 자, 누님! 서브!

김형사는 옥이를 데리고 차 있는 쪽으로 걸어가는 중이다. 막 서브를 넣으려는 그녀의 곁으

C#9~C#11

로 두 사람이 지나간다. 그녀와 옥이의 눈이 마주친다. 그러나 두 사람은 아무 말이 없다. 이옥고 미자가 서브를 넣고 박상태가 소리를 지르며 다시 넘긴다. 그녀가 받는다.

C#12 미자 단독—→ 미자, 옥이, 김형사 3 SHOT.

옥이를 보는 미자. 옥이와 김형사, 화면 오른쪽에서 FRAME IN 되어 그녀를 지나친다. 그녀와 옥이의 눈이 마주친다. 그러나 두 사람은 아무 말이 없다. 이옥고 미자가 서브를 넣고 박상태가 소리를 지르며 다시 넘긴다. 그녀가 받는다.

C#13 미자 O.S. 박상태—→ 미자 앞 모습, 박상태

배드민턴 치는 박상태. 어두운 허공 속으로 하얀 셔틀콕이 왔다갔다 날아다닌다. 두 사람은 의외로 호흡이 잘 맞는 것 같다. 칠 때마다 박상태는 과장해서 소리 지른다.

박상태　　　　나이샷! 잘 한다! 우리 누님 멋지다!

그러나 미자는 헛치고 만다. 그녀는 돌아서서 땅에 떨어진 콕을 주으려다 앞을 바라본다.

C#14 미자 O.S. 차를 타는 옥이와 김형사(C#13의 REVERSE)

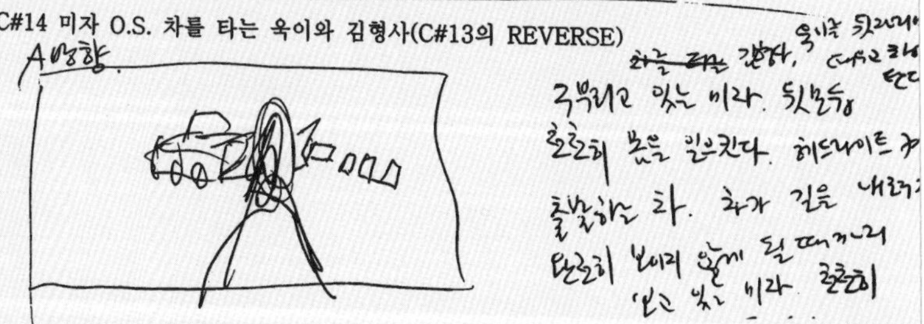

C#12~C#14

그러나 미자는 헛치고 만다. 그녀는 돌아서서 땅에 떨어진 콕을 줍는다. 젊은 사내와 차에 타고 있는 욱이 보인다. 헤드라이트를 켜고, 이윽고 출발하는 차. 미자는 차가 건물을 돌아 사라질 때까지 보고 있다가 이윽고 몸을 돌린다.

C#15 박상태 단독 B 방향

의 서브가 날아간다. 박상태가 받아친다.

박상태가 손짓으로 치라는 시늉을 한다. 미자 ~~서브를 넣는~~다. 이제 박상태도 왠지 말이 없다.

C#16 미자 단독(B.S)

말없이 배드민턴 치는 미자.

C#17(8) 미자, 박상태 2 SHOT. L.S.(미자 뒷(옷)모습)
A방향.

침묵 속에 배드민턴을 치고 있는 두 사람. 어둠 속에 하얀 셔틀콕만이 소리 없이 날아다니고 있다.

C#18. 미자, 박상태 2 shot L.S. (미자 옷모습)

B 방향.

C#15~C#18

附錄

—

故事概要
劇本大綱
李滄東作品

故事概要

序幕從江邊的風景開始。南漢江上流的某處江邊。江水不斷湧來，江左右兩岸的樹叢、江對面的群山，以及遠處偶爾有車輛經過的老橋。可以聽到江水流淌的聲音、風聲和鳥鳴等各種自然的聲音。既平凡又平和，但也可以用「詩意」來形容的美景。幾個孩子正在江邊的沙地上玩耍，其中一個孩子呆呆地望向江面。稍後，鏡頭跟隨慢慢朝江邊走去的孩子，沿江漂來的屍體進入畫面。畫面出現電影的標題「生命之詩」。

一座位於近鄰南漢江的京畿道小城市。一個看起來年過六十的女人坐在醫院的走廊裡，她戴著帽子，從頭到腳打扮的像是要去郊遊的少女。「楊美子！」護士喚了她的名字。女人與醫生面對面坐在診室裡，她告訴醫生從幾天前手臂就開始發麻，但在說明的過程中突然忘記了非常簡單的單詞。醫生建議她去大醫院做一下精密檢查。

女人和已是十六歲的中學生外孫住在小城市的平民公寓。

從很久以前開始，女人便獨自扶養外孫。幾年前，她的女兒離婚後便把孩子託付給她，女兒為了賺錢定居在釜山，偶爾才會寄一些生活費給他們。女人是市廳的生活保護對象，領取著微薄的補貼金，偶爾也會到別人家做保姆，或是去餐廳打工。雖然年邁的女人既貧苦又孤獨，但她總是把自己打扮得很時尚，外出時一定會化妝，還要圍一條絲巾，戴一頂帽子。不久前，市廳的文化院為市民開設了文學講座，女人去那裡聽課。二十多名學生，毫無名氣的詩人給學生布置作業，讓大家聽完一個一個月的課程以後，每個人都要寫一首詩。女人一輩子沒接觸過詩，所以她要為寫出生平第一首詩而努力。

有一天，女人去聽文學講座時，聽聞幾天前江裡發現了一具少女的屍體。少女和女人的外孫就讀同一間學校，而少女從橋上跳江自殺了。女人問外孫，那女孩是怎樣的一個孩子、為什麼會自殺，但外孫很不耐煩地說，就算是同校也不清楚。如同起伏不定的水面平靜下來，傳聞很快也平息了。彷彿沒有發生過任何事一樣，人們都過著一如既往的生活。

雖然女人為了寫詩而費盡心思，但寫詩可不是一件簡單的事情。她不知道怎麼做才能寫出詩，光要寫出第一行就根本無從下筆。教寫詩的金詩人說，為了寫詩，最重要的是必須認真「觀察」世間的萬物。即使是一顆蘋果，也要長時間觀察，觀察它的影子，拿在手裡撫摸它，倒過來看一看，咬一口、嚐一下，也可以想像陽光滲進蘋果裡。女人按老師教的，拿起餐桌上的蘋果觀察半天，也看了半天洗碗槽裡的碗，甚至還坐在公車站觀察過往的路人、坐在樹下好幾個小時，但始終沒有找到寫詩的靈感。

某天，一位自稱是基範父親的男人打電話給女人，約她見面。基範是孫子鍾旭的朋友，是每天在學校玩在一起的六個孩子之一。基範的父親把不久前自殺少女的事情告訴了女人。從幾個月前開始，女孩便一直遭受同校幾名男同學的性暴力，而加害者之一就是鍾旭。

加害者的家長聚在一起，六名加害學生的家長中，除了女人以外，其他人都是孩子的父親。幾個男人就跟沒有發生過任何事一樣，討論著無論如何都要掩蓋住孩子們犯下的罪行——雖然已故的孩子很可憐，但那已經是無可挽回的事情了，所以現在必須考慮自己家孩子的未來。為此，必須阻止受害者家屬報警，以及把這件事聲張出去。有人提議，為了先安撫住受害者家屬，需要拿出一筆精神慰撫金，所以每戶人家至少要交五百萬元。此外，為了不讓這件事浮出水面，還要想方設法堵住學校老師、警察和記者的嘴。

在座的家長似乎認為，只要這件事不暴露出來，自己的孩子仍可以像普通的孩子一樣成長。事實上，這些孩子的父親都是這座小城市的普通人，有人經營自家生意，有人是農協的職員，有人是民宿老闆。加害者都是在普通家庭長大的孩子，只要這件事不暴露出去，他們也會像自己的父親一樣成長為普通的大人。

事實上，美子也覺得自己的外孫是一個普通的孩子，所以她無法理解鍾旭為什麼做出這種事。雖然孩子上了國中以後聲音變粗、長出了鬍渣，還經常鎖上房門，和朋友們在房間裡不知道做什麼，但她始終覺得鍾旭還是一個孩子。自從知道了鍾旭犯下的罪行以後，女人不知道該以怎樣的表情面對孩子，不知道該對孩子說什麼了。所以她就像沒發生任何事一樣，整件事對孩子隻字未提，甚至偶爾跟女兒講電話的時候也沒有提起這件事。至今為止，外孫是她人生裡唯一的愛與安慰。她總是說，為孩子煮飯、看孩子吃飯是她最大的樂趣。但現在，她再也感受不到那種快樂了。

為了去取精密檢查的結果，女人來到首爾的大醫院。醫生診斷她為阿茲海默症初期，告訴她雖然現在看起來沒事，但逐漸會失去記憶，還會一點點忘記單詞。

「起初是想不起來一些名詞，接著會想不起來動詞和形容詞。您知道動詞吧？」

「嗯，動詞，當然知道。」

女人無力地笑了笑。她對所有人隱瞞了自己的病情，甚至沒有告訴外孫和女兒，她假裝自己沒有生病。雖然女人目前處在初期階段，但已有過幾段荒唐的健忘經歷。幾次的經驗似乎是一種可怕的信號，暗示她即將失去記憶，最終失去一切。

從表面上看，世界沒有任何變化。在這沒有任何變化的日常中，女人不知道自己該做什麼。眼下她必須交出五百萬元，但她找不到人借錢。她能做的事就只有悄無聲息地尋找已故少女的蹤跡。她去了少女投江的那座大橋，站在少女跳下去的地方，俯瞰打著漩渦的黑色江水。她還去了學校，找到孩子們犯下罪行的科學教室。少女也是一個普通的孩子，是一個擁有「聖雅妮」洗禮名的、雙親都是農民的普通人家的女兒。

學校和警察似乎在想方設法平息這件事，沒有人在乎受害者的想法。加害者的父親慫恿美子去見少女的母親，他們覺得若獨自撫養外孫的可憐女人去求情的話，受害者家屬一定會心軟。

雖然美子很不情願，無奈之下還是答應了他們。基範的父親載著她去了少女的家，一路上他似乎對美子的穿著很不滿意，特別是覺得帽子很不順眼，因為這身打扮與獨自撫養外孫的可憐老女人格格不入。女人下車後，基範的父親便揚長而去。少女的家空無一人，美子坐在家裡，看到了掛在簷廊牆上的女學生照片。鄰居家的女人說，這家人都去田裡幹活了，於是美子朝田裡走去。

女人悠閒地走在安靜、平和的鄉間小路上，心情漸漸變得輕鬆。她仰望天空、環視周圍的樹木，還摘了一朵路邊的野花。秋日的暖陽照在身上，微風輕拂過髮絲，女人感覺馬上就能寫出一首詩來。在遠處的田裡，一名曬得黝黑的女人彎著腰正在幹活。「您好！」美子走過去打了聲招呼。女人直起腰回了一句「您好。」「天氣真好啊。」「是啊，老天幫了大忙。」「這地方真不錯，景色也好……」她們圍繞著農活、鄉村生活和秋收等話題輕鬆地聊起了天。（女人似乎把美子當成了來鄉下散心的城裡人。）聊了半天之後，美子向女人道別「那辛苦了！」「嗯，您慢走！」但沒走幾步，美子突然停了下來，她一臉受到衝擊和感受到恐懼的表情，轉頭又看了一眼女人。美子這才意識到自己為什麼而來。

美子無法向人們解釋為什麼見到少女的母親卻隻字未提，更何況現在再也不能去見那個女人了。其他幾個孩子的父親催促美子快點交出和解金，明明借不到錢，但美子還是答應他們幾天後會把錢送來。在這種情況下，美子仍去聽了文學講座，還和金詩人去參加詩朗誦會。寫詩對她來說依舊是一件非常難的事。寫詩等於是尋找真正的美好，但在美子的日常生活中存在這種真正的美好嗎？

儘管如此，她還是在努力寫詩。雖然偶爾會想不起經常使用的簡單單詞，但她透過長時間觀察眼前的物品、路人和風景，記錄下了腦海中浮現的單詞，然後等待著金詩人說的「要讓被關在心裡的詩插上翅膀飛翔」。

最終，美子借到了那筆和解金，也最終……完成了一首詩。

劇本大綱[1]

序幕。

南漢江支流的某處江邊。耀眼的陽光下，有川流不息的江水，還可以看到江兩岸的草叢和江對面的群山，以及遠處偶爾有車輛經過的大橋。在江水、微風和鳥鳴等大自然的聲音裡，夾雜著孩子們嬉笑打鬧的聲音。江邊的沙地上，幾個孩子正在玩耍，其中一個孩子玩著玩著看向某處，然後慢慢地朝江邊走去。稍後，隨江水漂來了一具穿著制服的女學生的屍體。

畫面中出現電影的標題「生命之詩」。

鳥瞰小城市遠景。一座位於近鄰南漢江的京畿道小城市。畫面一側流淌的江水在陽光下波光瀲灩。警笛聲響起。

醫院候診區的電視畫面。人們若無其事地看著電視裡因喪子而失聲痛哭的巴勒斯坦母親，美子也坐在那裡。看起來年過

1. 劇本大綱(treatment)。如果說故事概要是不足五頁(以A4為標準)的故事概要，那麼劇本大綱可以看作是正式創作劇本前的、更長一些的故事簡介。可以透過劇本大綱確認緊密相連的事件，其中也包括了具體的事件和構成故事核心的重要台詞。

六十的美子圍著花哨的絲巾，戴著一頂帽子，但看起來毫無美感，還顯得十分土氣。

「楊美子！」

護士喚了美子的名字。美子走進診室坐在醫生對面，醫生問她哪裡不舒服。

「手臂麻麻的。就像……通什麼？唉，想不起來那個詞了。我最近總是這樣。是什麼來著？」

醫生呆呆地看著露出尷尬笑容的美子，美子指了指天花板上的電燈。

「那……那個……就是那個。」

「電嗎？」

「嗯，是電！」

醫生說，手臂發麻做點運動就沒事了，但想不起來單詞可不樂觀，勸她最好去大醫院做一下精密檢查。

美子一邊跟某人講電話，一邊走出醫院。看樣子，她是在跟女兒講電話。

「我在醫院。嗯，手臂麻……來醫院看看。臭ㄚ頭，當然自己了，哪有人陪我來啊？」

美子經過急診室門前時，看到一名哭泣的女人。感覺像是農民的女人看起來約四十出頭，她赤腳踱來踱去，一個十二歲左右的男孩手裡拿著一雙拖鞋跟在女人旁邊。

「……臭ㄚ頭……狠心的臭ㄚ頭……妳怎麼……就這麼走了啊……」

女人嘴裡不停地發出既像哭聲又像語無倫次的怪叫聲。人們站在原地看著女人，美子也一臉驚訝地望著女人。

美子走進位於市區的大超市。一位四十多歲的女人站在櫃檯前，問美子怎麼遲到，美子說去了一趟醫院。

「他打了兩次電話，問您怎麼還不來……」

美子假裝吃驚，吐了一下舌頭。女人把鑰匙遞給美子。女人一邊看著朝樓梯走去的美子，一邊給某人打電話。

「爸，看護大嬸現在上去了。」

超市所在建築的三樓住家是美子工作的地方。美子每隔兩天會到這裡照顧姜老人。直到現在大家還稱呼姜老人「會長」，由此可見，他可能是這一區的知名人士。但姜老人現在罹患中風，行動不便。美子幫姜老人洗澡，語氣就像是在訓斥不聽話的孩子。

「不要動！我叫你不要亂動！你這麼硬挺著我怎麼幫你？……對！很好！很好，很好！」

姜老人嘴裡發出聽不懂的聲音。

「什麼？」

姜老人用生氣的語氣說了什麼。

「我……耳朵……好好的……幹嘛對我大呼小叫？」

美子無可奈何地笑了笑。

「知道了，對不起，我小聲點。」

美子繼續幫姜老人洗澡。

公車停在一棟很老的平民公寓前的公車站，美子下車後看到公車站內貼著一張宣傳海報。宣傳語寫著「您也可以成為詩人！」，下面還有活動標題「金龍卓詩人特邀文學講座」。

美子為外孫鍾旭準備晚飯。鍾旭是十六歲的中學生，臉上剛開始長青春痘。狹小的公寓內部可以看出他們的生活過得很清寒。美子的女兒幾年前離婚後，便把孩子託付給美子，為了賺錢現在定居釜山，偶爾才會給美子寄一些生活費。

「我白天給你打電話為什麼不接啊？」

「為什麼給我打電話？」

「啊……聽說你們學校有個女孩自殺了？跳江自殺的……所以想問問你。」

「問什麼？」

「問問她是怎樣的孩子，前途無量的一個孩子為什麼要自殺呢……」

但鍾旭說自己不認識那個孩子，連名字也沒聽過。

天黑了，美子和鍾旭在公寓前的空地打羽球。美子打得很認真，每打一下都會發出呻吟聲，但鍾旭似乎提不起興致，很不情願地揮著球拍。

「喂！你認真點打！」

「好無聊喔。」

「你好好打，我今天去醫院，醫生讓外婆多運動。」

白色的羽球在黑暗的半空中飛來飛去。鍾旭的手機響了。他打到一半停下來，從口袋裡取出手機，然後把球拍丟在地上轉身走了。美子大喊：

「喂，你去哪？」

「去見朋友！」

「三更半夜你去哪？」

但鍾旭沒有回答，消失在黑暗中。

一間朝陽的教室裡，金龍卓詩人(金詩人)正在上課。市廳的文藝會館為市民開設了文學講座。學生大部分是三、四十歲的女性，大家都非常認真地看著金詩人。

「要想寫詩，就得好好地觀察，最重要的就是觀察世間萬物。」

美子開門走進教室。直到美子入座後，金詩人才繼續開口講話。他從口袋裡取出一顆蘋果。

「大家至今為止，看過多少次蘋果？」

有人小聲說：「一萬次。」

「錯了，至今為止，大家一次也沒有看過蘋果，一次也沒有！」

學生們一頭霧水。

「至今為止，大家並沒有真正看過蘋果。真正的看，是想知道什麼是蘋果、想了解它、對它產生興趣、想與它對話。無論是什麼，當大家真正去觀察它的時候，才能自然而然地感受到什麼。就像泉水奔湧而出一樣，拿起紙和筆，等待那種瞬間的到來。」

金詩人布置了作業，讓學生們在一月後講座結束的時候寫一首詩。美子望著金詩人，臉上帶著些許興奮。

傍晚，美子在狹小的客廳踱起了步子，她正專心致志地觀察著家裡的東西，按詩人教的「仔細觀察」，為寫出生平第一首詩在努力尋找著寫詩的靈感。

門鈴響了，鍾旭打開房門走出來，是他的朋友們。

「他們來幹嘛？大半夜的……這都幾點了？」

「我們有事要商量。」

「這麼晚了，商量什麼……？白天混在一起還不夠啊！」

門開了，幾個孩子進門。一個、兩個……五個人走了進來，他們都是和鍾旭玩在一起的孩子。幾個孩子進來的時候，點頭跟美子問了聲好，然後一個接一個地走進了鍾旭的房間。美子跟過去想開門，但門鎖上了。

「怎麼把門鎖上了？」

美子又是搖晃門把手又是敲門，鍾旭半開著門，探出頭來。透過門縫可以看到幾個孩子擠坐在一起。若是平時，他們會一邊玩電腦，一邊嘻嘻哈哈地有說有笑，但不知為何，今日氣氛有別於以往。

「你們鎖門幹什麼呢？不餓嗎？我削蘋果給你們吃啊？」

「不吃，妳不要打擾我們！煩不煩啊！」

鍾旭關上房門，美子坐在餐桌前削蘋果。隨著果皮一點一點削去，白皙的果肉露了出來。蘋果看起來很好吃。美子喃喃自語了一句：

「比起拿在手裡看，蘋果還是得削來吃。」

美子削下一塊蘋果送進嘴裡。好吃。

美子坐在公寓前大樹下的平床上，抬頭仰望著大樹。一位老奶奶走過來，好奇地看了一眼美子，也跟著仰望了一下大樹。

「妳看什麼呢？」

「樹。」

「看樹做什麼？」

「我想好好地觀察它，看著它，感受它，想知道它在想什麼，想對我說什麼。」

老奶奶一頭霧水地看了看美子，轉身便走。手機響起。是鍾旭朋友基範的父親打來的電話。

「喂？嗯……我知道基範，他天天和我們家鍾旭玩在一起……嗯，當然了，昨天也來我們家了呢……怎麼了？有什麼事嗎？啊……現在不行……我要去學詩。詩……十二點下課。文化院……好，好的，那到時候見。」

金龍卓詩人正在文化院的教室裡上課。

「寫詩就等於是在尋找美好。我們要從所見的事物和日常生活中尋找真正的美好。」

詩人突然停下來，因為美子舉起了手。

「老師，什麼時候才能找到寫詩的靈感啊？」

「妳問什麼時候才能找到靈感？」

金詩人說靈感不會自己送上門，而是要親自去尋找。而且靈感就在我們周圍，並不在遠方。

「我不是說過嗎，洗碗槽裡也有詩……到遙遠的地方尋找的不是詩。」

聽了金詩人的話，美子流露出努力想要找出答案的表情。

下課後，美子走出文化院，在門口遇到了基範的父親。基範的父親說約了其他孩子的家長一起吃午飯，叫美子跟他一起過去。美子一頭霧水，上了車。

美子問出了什麼事，基範的父親回答說：

「總之，去了就知道了。」

一間視野很好，可以俯瞰江景的餐廳包廂裡坐滿了人。除美子以外，其他人看起來都四十幾歲，且都是鍾旭朋友們的父親。坐在角落處的美子覺得很尷尬且不自在。其他人互相交換名片、打招呼，秉振的父親是農協職員，順昌的父親在做民宿的生意。大家爭論了半天是要點兩份海鮮鍋，還是一份海鮮鍋和一份辣燉鮟鱇魚。宗哲父親是自來水公司的職員，看他著急的樣子，似乎是想趕快吃完午飯趕回公司。

「隨便點吧，別在那裡挑來挑去。我們又不是來吃飯的……」

「那開始吧。」

「那我先說好了。前不久，西中三年級的女孩自殺了，名叫朴熙珍，父母是種田的，家住在盤谷面……但聽說，那孩子在日記裡寫，從自殺幾個月前開始一直遭到同校六名男生的性暴力。」

美子聽到順昌父親的話，表情漸漸僵住了，她不敢相信自己聽到的是事實。鍾旭和其他五個孩子都是加害者，他們的父親為了討論如何掩蓋住這件事而聚在一起。雖然已故的孩子很可憐，但那已經是無可挽回的事情了，所以現在必須考慮自己家孩子的未來。為此，必須阻止受害者家屬報警，以及把這件事壓下來。有人提議，要先安撫住受害者家屬，最好給他們一筆精神慰撫金，所以每戶人家至少要交五百萬元。此外，為了不讓這件事浮出水面，還要想方設法堵住學校老師、警察和記者的嘴。

美子從座位上站起來，所有人看向她，但沒有停止交談。透過玻璃窗看到走到停車場的美子。美子好像在欣賞花壇裡的雞冠花，但其實她是在小本子上寫著什麼。幾個男人無語地望著美子。

基範的父親朝美子走去。美子蹲在花壇旁邊，正在小本子上寫著什麼。

「妳在寫詩嗎？」

「筆記而已……老師說要這樣做筆記。」

「寫的什麼啊？」

「血……像血一樣的紅花。」

「這花真的像血一樣紅。」

「你知道雞冠花的花語是什麼嗎？盾牌。因為長得很像盾牌，守護我們的盾牌……」基範的父親默默地看著美子。

那天晚上，美子煮了咖哩。她把盛滿咖哩的盤子放在餐桌上。坐在餐桌前看電視的鍾旭開始抱怨。

「啊，又是咖哩！」

「怎麼了？你不是很喜歡吃咖哩嗎？」

「中午在學校吃的也是咖哩。」

「是嗎？我不知道。」

儘管如此，鍾旭還是拌了拌咖哩，吃了起來，他的視線依舊盯著電視。美子站在洗碗槽前，一聲不吭地看著電視。電視播放著吵鬧的綜藝節目。兩個人默默無言。

隔天一早，送走去上學的鍾旭後，美子走進孩子的房間。她一邊打掃房間，一邊翻來翻去，但什麼也沒有找到。這時，基範的父親打電話來。

美子來到市內的咖啡廳，跟幾個孩子家長一起見了學校的老師。教務主任叮囑不要把事情傳出去，還督促大家必須趕快找受害者家屬談和解。

姜老人的家。美子今天也在幫姜老人洗澡。姜老人結結巴巴地問美子出了什麼事。

「什麼事也沒有。怎麼了？」

「一，一句話也不說……妳這什麼表情？跟生氣的人似的……笑一下，笑一笑……」

「我不能笑。」

「為什麼？」

「以前那些男人都不准我笑，說看到我笑，就會喜歡上我。我要是笑了，你也會被我迷倒的。」

呵、呵、呵，姜老人笑了。

美子打掃完，鎖上浴室的門，脫下衣服，把衣服放在架子上，打開水龍頭。站在從蓮蓬頭湧出的水柱下的美子突然哭了起來，她強忍著不發出聲音，但眼淚卻止不住地流著。姜老人正倚坐在浴室門口的牆邊，偷聽浴室裡的流水聲。

美子走進教堂，教堂裡面傳來風琴的伴奏和音樂聲。美子走到布告欄前，看到一張布告文上寫著「朴熙珍聖雅妮的安魂彌撒」，旁邊還有一個相框。美子注視著照片裡的臉，厚厚的嘴唇、圓圓的小臉蛋。

美子走進正在進行彌撒的教堂裡，坐在最後一排注視前方。

神父正在主持彌撒，遺屬和其他信徒們站在那裡祈禱。寬敞的教堂裡人很少，顯得十分冷清。美子像躲在後面一樣，默默坐在那裡注視大家。坐在另一側的幾名女學生正看著美子。

「因為我父的旨意，是要使所有看見了子而信的人有永生，並且在末日我要使他們復活。」

「主啊，求祢聽我們的祈禱。」

「透過永活生命的方式供奉我父的聖體，誠摯地請求上帝讓離去的聖雅妮復活，走進祢的懷抱。」

在彌撒進行期間，一位女學生一直盯著美子。美子站起來走了出去。

深夜，美子一個人坐在餐桌前，四下一片黑暗。稍後，她起身打開鍾旭的房門走了進去。美子搖醒熟睡中的孩子。

「你起來，起來！」

鍾旭睜眼看向美子。

「起來，外婆有話要說。」

鍾旭皺著眉頭，眨了幾下眼睛，然後蒙上被子又躺下了。美子抓住孩子的肩膀用力拉了幾下。孩子面牆躺在床上，一動不動，美子失控大喊。

「你為什麼做那種事！為什麼做那種事！」

美子的聲音近似於哭喊。她又拽了幾下被子，但孩子就像石頭一樣，絲毫未動。美子喘著粗氣，聽聲音感覺她就快哭出來了。美子使出渾身的力氣，但怎麼也拽不動孩子。美子感到精疲力盡，呆站在原地注視著孩子，然後走出了房間。

美子一個人去了鍾旭的學校。星期天，學校沒有人。美子來到案件發生的科學教室，透過窗戶看向教室裡面。她把臉貼在玻璃上，但教室裡很昏暗，什麼也看不見。

位於江邊的一間咖啡廳正在舉辦詩朗誦會。咖啡廳一側設有小舞台，美子走進咖啡廳坐下來。舞台上，一位大概四十歲出頭的女人，她胸前戴著華麗的花胸針，正在認真地朗誦自己寫的詩。女人朗誦完，其他人接著走上台。

美子走到剛剛朗誦完詩的趙美惠身邊，向她搭話。

「您的詩寫得真好。」

「您過獎了，我寫得不好，真令人難為情。」

「您剛才說寫詩沒多久……這種詩是怎麼寫出來的啊？」

「嗯，這次很容易、很自然地就寫出來了。剛寫出一行，接下來的幾句就跟蠶吐絲一樣出口成章了。感覺就像在詩海裡遨遊，像蝴蝶舞動翅膀一樣，自然而然就寫出來了。」

美子露出孩子般的表情認真聽著趙美惠的話。

姜老人把什麼東西遞給剛剛走進房間的美子。

「這是什麼？」

「藥、藥……幫、幫我，剝開……」

「藥？什麼藥？怎麼突然吃藥啊？哪裡不舒服嗎？」

「怎麼那麼多廢話？讓、讓妳剝，妳就剝！」

美子剝開鋁箔紙，把水一起遞給姜老人。美子默默地看著姜老人把藥放進嘴裡，喝下水。

美子像往常一樣淋濕姜老人的身體，再用香皂清洗全身。洗好背部以後，美子的手經由前胸移到下半身。在幫姜老人洗下半身的時候，美子像被什麼嚇到，露出大吃一驚的表情。姜老人的身體出現了異常反應。美子的視線移動到他的胯下，緊接著下意識地發出了尖叫聲。美子猛地起身，想要逃走，但姜老人抓住了她的手腕。姜老人用歪斜的嘴吃力地說出一句話。

「求、求……求妳了……」

姜老人結結巴巴地懇求美子，他想再做一次男人。

「放開我！你把我當什麼人了！」

美子走出浴室，快步走進臥室，找到藥的包裝紙後又走回浴室。

「是那種藥吧？什麼威而鋼……」

姜老人一聲不吭，只望著美子。美子摘下掛在牆上的毛巾丟在姜老人的身上，然後又把衣服丟了過去，讓他自己穿上衣服。

為了取精密檢查的結果，美子來到首爾綜合醫院的神經內科。美子看到女醫生身後擺放著一束花，不由自主地發出了感嘆。

「哇，是山茶花！」

醫生抬頭看向美子，美子辯解似的，笑著說道。

「我很喜歡山茶花。冬之花，火紅的痛苦之花……」

醫生問美子：

「您一個人來的嗎？沒有家人陪您來嗎？」

「我自己來的……怎麼了？」

「最好能有家人陪您一起聽一下……」

「怎麼了？情況很糟糕嗎？」

「檢查結果……您罹患了阿茲海默症，也就是我們常說的失智症。」

美子呆呆地看著醫生，然後無可奈何地笑著說：

「不可能，我很健康的！」

「現在是很健康，因為現在還處在初期階段，但病情已經發展了。雖然現在偶爾會想不起一些單詞，但漸漸地會失去更多的記憶。起初是想不起來一些名詞，接著會想不起來動詞。您知道動詞吧？」

「嗯，動詞……當然知道了。」

美子笑了笑，但表情馬上就僵住了。

「可是名詞最重要啊。」

「是啊，名詞最重要。」

美子脫口而出的一句話逗笑了醫生，美子也跟著笑了。美子呆呆地看向窗邊的那束山茶花。醫生說：

「那是假花。」

美子走出醫院時正在講電話，但她沒有告訴女兒檢查結果。

「嗯……沒事。讓我做運動，多做運動。醫生還叫我努力寫詩。」

「還有那樣的醫生？」

聽到女兒的反問，美子放聲大笑。美子上了巴士，坐在車裡望著車窗外的風景。大大的車窗上布滿被晚霞染紅的天空，美子從包裡取出小本子和鉛筆寫了幾個字。

時間流逝，花也謝了。

字跡歪斜潦草，幾乎看不出她寫的什麼。

美子一個人正在基範父親經營的KTV包廂裡唱歌。基範的父親走進包廂，等美子唱完歌，鼓起了掌。美子想跟基範的父親借錢，還說自己可以留下來打工還錢。但基範的父親說自己沒有錢，還說KTV沒有她能做的工作。

「這可怎麼辦？看來這是要我去搶銀行啊……」

「把這事告訴鍾旭他媽，您怎麼不跟她說呢？您不是說妳們無話不談嗎？不是說妳們是永遠的朋友嗎？」

一條幽靜的鄉間小路。一輛小巴從遠處駛來，停在了公車站。美子下車後，站在原地遙望了半天小巴消失的方向。跟隨美子的視線水平運鏡頭，一座混凝土的大橋映入眼簾。

美子站在欄杆前，茫然地俯瞰著橋下。聽到鳥叫聲，美子抬頭仰望了下天空。頭髮隨風擺動。以美子的視線看向橋下的江面，只見混凝土的橋墩之間，黑色的江水打著漩渦奔騰。

颳著大風的江邊，美子坐在岩石上，從包裡取出小本子，打算記錄下靈感。美子仰望虛空的表情是那麼迫切，但卻遲遲沒有下筆。突然一滴雨珠掉在紙上，隨即接連不斷的雨珠掉了下來，小本子很快被雨水浸濕。雨珠滴落在江面，激起陣陣漣漪。淋雨坐在江邊的美子，就像甘願受罰一樣，任由雨珠打在自己身上。

超市女人看到全身淋濕的美子走進超市，嚇了一跳。

「大嬸，您怎麼了？」

美子伸出手。

「請給我三樓的鑰匙。」

「您打算繼續做嗎？唉呦，怎麼改變主意了？」

美子沒做反應，只是默默地伸著手。

姜老人家。美子開門走進來，姜老人看到美子大吃一驚，美子一聲不吭地翻起抽屜。

「找、找……找什麼？」

美子沒有回應，很快就在抽屜最裡面找到了藥。美子把水壺裡的水倒入杯中，然後剝開藥的鋁箔紙，一起遞給姜老人。

「吃吧。」

美子把藥送到姜老人的嘴邊，姜老人稍作遲疑後，張開嘴巴吃了藥。

美子把姜老人攙扶到浴室，讓他坐在浴缸裡，然後脫下他的衣服。男人順從地把身體交給美子。美子也脫下自己的衣服，跨坐在姜老人面前，緩緩地晃動起身體。姜老人流下一行淚，美子伸手幫他拭去眼淚。

在順昌父親的房屋仲介辦公室，美子與順昌和基範的父親見了面。他們正在說服美子去見已故少女的母親。學校和警察已經溝通好了，但受害者家屬似乎還不肯和解。他們覺得若由可憐的、獨自撫養外孫的美子去求情的話，說不定少女的母親會心軟。美子因為還沒有借到錢，所以無奈之下只好答應他們。

基範的父親把車停在可以看到幾間簡陋房屋的村口，他對下車的美子說：

「結束以後給我打電話，我馬上過來。」

「我搭公車，那邊就有公車站，我自己能回去。」

「總之，有需要就給我打電話。妳們好好聊，這件事可就靠您了。知道嗎？」

「嗯。」

基範的父親調轉方向時，側著身子把頭探出車窗，說：

「您這一身也太顯眼！跟這裡一點也不搭！」

「那怎麼辦？」

美子露出孩子般沮喪的表情。

「那回去？換一件衣服再來？」

說完，美子也覺得可笑，笑了出來。

「都來了，怎麼能就這麼回去！總之，您好好勸勸她，千萬別說什麼刺激她的話……嗯？現在是什麼情況，您也清楚吧？」

「……我會努力的。」

某戶農家。一隻拴在狗窩的狗亂蹦亂跳狂吠著。

「打擾了！」

美子走進院子，站在原地望向熙珍家裡，房門開著，家裡似乎沒有人。美子看向掛在簷廊牆上的照片。相框裡有很多張全家福照，其中也有熙珍的照片。美子脫下鞋，走上簷廊，走到相框前，仰頭望向那些照片。

「您找誰？」

住在隔壁的女人正用懷疑的眼神看著美子。女人告訴美子這家人去田裡幹活了。

「在哪裡？」

美子朝女人告知的方向走去。她漫步在田間幽靜的小徑，心情漸漸放鬆。美子仰頭看向天空，周圍的樹木，還摘了一朵路邊的野花。秋日陽光暖洋洋地照在身上，一陣風柔和地吹過頭髮，美子覺得自己好像馬上就能寫出一首詩來。美子走到一棵樹下，突然停住腳步，只見地上掉了很多杏子。她拿出小本子，蹲在地上寫著什麼。

杏子奮不顧身掉在地上
被摔裂，被踩扁
只為來生。

美子繼續往前走，看到一個女人正彎著腰在田裡工作，於是朝女人走了過去。看起來四十多歲的女人正在田裡幹活，她的臉被曬得黝黑，與其他農民無異。

「您好！」

美子走上前打了聲招呼，女人直起腰回了一句。

「您好。」

「天氣真好啊。」

「是啊，老天幫了大忙。」

「這地方真不錯，景色也好……真想生活在這種地方。」

「住在這種地方……不容易。」

女人好像把美子當成了來鄉下散心的城裡人。美子把手裡的杏子拿給女人看。

「過來的路上，還撿到了杏子。看到地上的杏子，不禁覺得它們非常誠懇，自己掉下來摔裂，還被人踩，這不是為了來生做準備嘛。活了一輩子，我今天還是第一次了解杏子。」

女人一臉莫名其妙的表情看著美子。

「今年的收成好嗎？」

「……馬馬虎虎。」

「今年是豐年，得多賺點錢才行啊……是吧？」

「收成好的時候，價格就低……收成不好也有不好的難……賺點錢不容易啊。」

「也是……希望妳今年多賺點。那辛苦了！」

「嗯，您慢走……」

美子笑著和女人道別後便離開了。但她沒走幾步，就突然停了下來，隨即露出受到驚嚇和恐懼的表情。她這才想起自己為何而來。美子回頭看了一眼，女人還在田裡幹活。美子覺得女人好像也在看自己，於是立刻轉頭離開。她的臉變得如石頭般僵硬。

即使是在這種情況下，美子仍然在為寫詩而努力著，但寫詩實在太難了。寫詩等於是尋找真正的美好，但在美子的日常生活中存在這種真正的美好嗎？儘管如此，美子還是參加了文學講座和詩朗誦會。

舉辦詩朗誦會的咖啡廳。某人上台朗誦了鄭浩承詩人的詩，接著大概四十多歲的男人(朴尚泰)上台朗誦了安度昡詩人的詩。他朗讀完詩，還講了黃色笑話逗得大家哈哈大笑。之前的詩朗誦會上他也講過這種笑話。美子對趙美惠說，她覺得在這種場合講淫詞穢語是在侮辱詩。

「這裡是詩朗誦會，愛詩等於是尋找真正美好的東西！但他總說一些淫詞穢語……感覺是在侮辱詩。」

「哈哈……侮辱詩？別看他這樣，但人很單純的。聽說他之前在首爾的警察廳，因為揭發警察貪污，才被貶職到鄉下的警察局。」

「是啊？還真看不出來。」

美子看向朴尚泰。

詩朗誦會結束後，美子參加了聚餐，金龍卓詩人也去了。吃過飯，在喝酒的時候，美子問金詩人：

「老師，怎麼才能寫出詩來呢？」

聽到美子突如其來的問題，金詩人一時不知所措地看著美子。

「寫詩，很難吧……」

金詩人給出了含糊其辭的回答，但美子的表情依然很懇切。

「太難了。您在課上不是說每個人心裡都有詩嘛……要讓被關在心裡的詩插上翅膀飛翔……關在我心裡的詩真的可以展翅高飛嗎？我心裡也有詩嗎？」

昏暗的餐廳院子。朴尚泰走到院子來抽菸。他點上菸，一個人站在那裡抽菸。朴尚泰發現院子另一頭有人，於是慢慢地朝那個人走過去。美子一個人蹲在院子的另一頭。朴尚泰彎下腰問美子：

「大姊，妳怎麼哭了？出什麼事了？」

美子沒有反應，朴尚泰尷尬地站在旁邊看著美子，稍後也蹲了下來。

「因為詩？因為寫不出詩？」

美子哭泣著，朴尚泰默默地等待美子的哭聲停止。

星期天上午公寓門前悠閒的空地。兩個女孩正在搖呼拉圈，其中一個孩子不會玩，呼拉圈總是掉在地上。鍾旭撿起呼拉圈給她們做示範，他一邊有節奏地轉動腰部，一邊看著兩個女孩露出滑稽的笑容，女孩也跟著笑了。

美子從二樓客廳地窗戶由上而下地望著他們。

美子一邊開門走進順昌父親的房屋仲介辦公室，一邊打了聲招呼。

「嗯？您來了？」

順昌的父親坐在沙發上，剛好基範的父親也在，一個女人坐在他們對面。

「打聲招呼吧，這位是鍾旭的外婆，這位是熙珍的母親。」

美子顯得有些不知所措，但為時已晚。

「……您好。」

美子點頭問了聲好。熙珍的母親看到美子時表情僵住了。基範的父親介紹美子：

「她就是鍾旭的外婆，上次專程去了一趟您家……她很心痛，覺得很抱歉，所以一個人去府上道歉……但似乎沒見到人就回來了？」

熙珍的母親一聲不吭地看著美子，一臉費解的表情，尷尬的沉默在她們之間流淌。美子突然起身朝門口走去，基範的父親驚訝地看向美子。

「您去哪啊？」

美子一聲不響地走出辦公室，她為了趕快離開，正準備過馬路的時候，基範的父親追上來叫住了她。

「您怎麼剛來就走啊？怎麼樣……錢準備好了嗎？」

「其實……我來是想說，我沒借到錢，怕你們等我……」

「這可怎麼辦啊？現在真的很急。多虧了那名記者幫忙拉線搭橋，我們才好不容易跟她談得差不多了。嗯？事到如今，妳說沒準備好錢，怎麼辦？妳沒把這件事告訴女兒嗎？」

美子看向辦公室，透過玻璃窗，可以看到熙珍的母親正在望著美子，兩個人默默地注視著對方。

姜老人家的客廳。今天是個特別的日子，全家人齊聚一堂，兩個兒子帶著老婆和孩子來到姜老人家，孩子正輪流去親坐在椅子上的姜老人。門鈴響了。大家看到美子走進來，大吃一驚。

「我來是有點事想跟會長說。」

美子看著姜老人，姜老人也看著美子，全家人一聲不吭地看著兩個人。片刻過後，美子跟隨姜老人走進房間。

美子在小本子上寫下幾行字遞給姜老人。那是她記錄靈感的小本子。

請給我五百萬元。拜託了。不要問理由。

姜老人看了一眼小本子，立刻抬頭看向美子，美子壓低聲音說：

「雖然我想跟您借錢……但我不能，因為我沒有能力還。」

這次姜老人拿起筆在美子的小本子上寫了幾個七扭八歪的字，然後丟在美子面前。

我為什麼要給妳錢？連理由也沒有。

超市女人端來一杯果汁放在美子的面前，問她為何事而來。

「不是什麼重要的事……我是來跟會長拿錢的。」

姜老人沒有回答。超市女人走出房間後，姜老人又在小本子上寫下幾個字。

威脅我？

「隨便您怎麼想都好，我不會辯解的。」

姜老人的半邊臉抽搐得直抖。

美子來到房屋仲介辦公室，看到順昌和基範的父親，把裝有錢的信封交給他們。基範的父親看了看信封。

「都是現金？您該不會真去搶銀行了吧？」

基範的父親見美子也交了錢，於是說這件事就算解決了。美子茫然若失地問道：

「這件事就這麼結束了？……徹底結束了？」

基範的父親回說，也不能說徹底結束，如果有人報警的話，還是要立案調查。但他們已經跟學校溝通好了，媒體的嘴巴也都封住了，況且也跟受害者家屬和解，現在不用再擔心了。美子聽後站了起來。

離開房屋仲介的美子走在街上，然後在遊藝場門口停了下來，她看了一眼室內，接著開門進去。美子朝正在玩遊戲的鍾旭走去，抓起孩子的手臂。起初鍾旭還不肯走，但最後還是乖乖地跟著美子離開了。

美子帶孩子去吃了披薩。鍾旭覺得外婆的舉動有些奇怪。美子叮囑鍾旭回家後要洗澡，還說明天媽媽會過來。

「我媽來幹嘛？」

「我讓她來的……你也很久沒見她了。」

鍾旭沒再多講一句話，默默地吃著披薩。

那天晚上，美子在客廳幫鍾旭剪腳趾甲。看到孩子洗澡洗得不乾淨，發起了牢騷。

「你瞧瞧，這裡還是很髒啊，你捨不得洗掉是吧？嗯？人得乾乾淨淨的，身體乾淨，心靈才能乾淨。」

美子這些嘮叨的話聽得鍾旭耳朵都要長繭了。但她一邊嘮叨，還是一邊認真地幫外孫剪腳趾甲。鍾旭把腳伸給美子，安靜地坐在那裡。片刻之後，只能聽到剪腳趾甲的聲響。

傍晚，公寓前的空地，美子和鍾旭正在打羽球。一輛車從馬路盡頭駛來，兩個男人下了車。朴尚泰和一個年輕的男人停下腳步，看著美子和鍾旭打羽球。

「好球！」

朴尚泰像是在為美子加油，用調皮的口氣喊了一句。雖然美子看到朴尚泰，但卻假裝不認識他。鍾旭發的球越過美子頭頂掛在樹梢上，美子一臉為難的表情仰頭看向樹梢。當美子仰著頭，試著用球拍觸碰樹枝的時候，兩個男人把鍾旭叫了過去。兩個男人與鍾旭交談期間，美子一直在用球拍捅樹枝，樹枝晃動幾下，羽球終於掉了下來。美子撿起羽球轉過身，朴尚泰代替鍾旭拿著球拍站在那裡。

「大姊！我教妳一招吧？」

朴尚泰笑著調皮地揮了下球拍。年輕的刑警帶著鍾旭朝車子的方向走去，兩個人從美子身邊走過時，美子和鍾旭四目相視，但誰也沒有開口講話。直到鍾旭上車，美子都只是沉默地打著球。兩個人若無其事地打著羽球，白色的羽球在黑暗中無聲地畫著拋物線。

明媚的陽光從窗戶照進文化院的教室。金龍卓詩人走進教室，看到一束花放在桌子上。

「最後一堂課，大家還送了一束花。謝謝大家，我很感動。」

「其實……那不是我們送的。楊美子放下花就走了。」

「楊美子？」

金詩人又看到桌子上放著一張紙，他拿起那張紙。

「她還寫了詩？但她人去哪裡了？」

沒有人回答。金詩人問大家還有誰寫了詩，但寫詩的人只有楊美子一個人。

「寫詩太難了。」

有學生說道。

「不，寫詩並不難，難的是擁有寫詩的心。寫詩的心！」

金詩人拿起美子留下的那張紙。

「總之，雖然楊美子不在，但我們來看看她寫了什麼吧。我替她朗誦一下這首詩，題目是『聖雅妮之歌』。」

金詩人開始朗誦。

美子家。微弱的陽光從洗碗槽上方的小窗戶照進來，屋子裡空無一人。玄關傳來開門聲，美子的女兒開門走進。

「媽！」

女人打開臥室和孩子房間的房門，也沒看到人。女人坐在餐桌前，拿出手機給美子打電話，電話雖然打通了，但似乎沒有人接聽。女人呆呆地坐在那裡。楊美子朗誦詩的聲音響起。

伴隨著美子的聲音出現的畫面，是美子平時出現的場所，但哪裡都沒有她的身影。

公寓前的空地。美子為了尋找靈感仰望大樹的地方，只有幾個孩子在玩呼拉圈。

美子經常搭公車的地方。不知為何，今天沒有任何人在等車。一輛公車駛來，停車後也沒有人下車。公車開走了。

學校操場。空無一人的操場對面的教學樓。

美子的聲音變成少女的聲音。

走廊。正在上課的聲音。鏡頭以某人的視線靠近教室窗戶，越過玻璃窗看向教室。孩子們大聲跟隨老師朗讀。少女的聲音沒有停止。

少女家的村口。透過公車的車窗可以看到正在與公車賽跑的孩子(少女的弟弟)。孩子趕超了公車，舉起雙手高興地呼喊著。

少女家的院子。一隻狗盯著某處搖晃著尾巴。隨著鏡頭漸漸靠近，狗更加興奮，還亂蹦亂跳了起來。

新建的混擬土高架橋。鏡頭以某人的視線漸漸靠近大橋的欄杆。稍後，少女背影進入畫面。鏡頭跟隨少女，少女抓著欄杆看向橋下的背影。以少女的視線看向橋下漆黑的江水。俯瞰。少女轉過頭來，特寫少女的臉部。

江水。川流不息湧向畫面的江水。

慢慢地淡出畫面。

李滄東作品

導演

《燃燒烈愛》……(2018)
《生命之詩》……(2010)
《密陽》……(2007)
《綠洲曳影》……(2002)
《薄荷糖》……(1999)
《綠魚》……(1997)

劇本

《燃燒烈愛》……(2018)
《生命之詩》……(2010)
《密陽》……(2007)
《綠洲曳影》……(2002)
《薄荷糖》……(1999)
《綠魚》……(1997)
《美麗青年全泰壹》……(朴光洙，1995)
《星光島》……(朴光洙，1993)

製片

《沒有你的生日》……（李鐘言，2018）

《燃燒烈愛》……（2018）

《道熙》……（丁朱里，2013）

《華頤：吞噬怪物的孩子》……（張俊煥，2013）

《等待回家的日子》……（烏妮・勒孔特〔Ounie Lecomte〕，2009）

《第二次愛情》……（金鎮娥，2007）

《密陽》……（2007）

副導演

《星光島》……（朴光洙，1993）

企劃

《我們》……（尹佳恩，2016）

《單身騎士》……（李洙英，2016）

《華頤：吞噬怪物的孩子》……（張俊煥，2013）

《道熙》……（丁朱里，2013）

Act MA0056
生命之詩

作者　李滄東 이창동
譯者　胡椒筒
設計　霧室
總編輯　郭寶秀
編輯　江品萱
行銷業務　羅紫薰

生命之詩 / 李滄東著 ; 胡椒筒譯．— 初版．—臺北市：馬可孛羅文化出版：英屬蓋曼群島商家庭傳媒股份有限公司城邦分公司發行，2023.03　面；公分．—（Act；MA0056）
譯自：시 각본집 ISBN 978-626-7156-63-6(平裝)

862.55　　111022160

發行人　凃玉雲
出版　馬可孛羅文化
10483台北市中山區民生東路二段141號5樓
電話：(886)2-25007696

發行　英屬蓋曼群島商家庭傳媒股份有限公司城邦分公司
10483台北市中山區民生東路二段141號11樓
客服服務專線：(886)2-25007718；25007719
24小時傳真專線：(886)2-25001990；25001991
服務時間：週一至週五9:00～12:00；13:00～17:00
劃撥帳號：19863813　戶名：書虫股份有限公司
讀者服務信箱：service@readingclub.com.tw

香港發行所　城邦（香港）出版集團有限公司
香港灣仔駱克道193號東超商業中心1樓
電話：(852)25086231　傳真：(852)25789337
E-mail：hkcite@biznetvigator.com

馬新發行所　城邦（馬新）出版集團【Cite (M) Sdn. Bhd.(458372U)】
41, Jalan Radin Anum, Bandar Baru Seri Petaling,
57000 Kuala Lumpur, Malaysia
電話：(603)90563833　傳真：(603)90576622
Email：services@cite.my

輸出印刷　前進彩藝股份有限公司
ISBN　978-626-7156-63-6
EISBN　978-626-7156-65-0（EPUB）
初版二刷　2023年04月
定價　520元
定價　364元（電子書）

This book is published with the support of the Literature Translation Institute of Korea (LTI Korea).